SOU ADOLESCENTE & MINHA VIDA É UMA M#RDA
AF450925
DANIEL MARX
Filos

DANIEL MARX

SOU ADOLESCENTE & MINHA VIDA É UMA M#RDA

Copyright© MARX, Daniel

Preparo de Originais: Filos Editora
Diagramação: Magnum Ferreira
Capa: Pablo Barrios
Coordenação: Beatriz Castro

Impresso no Brasil, 2022

Dados internacionais de Catalogação na Publicação (CIP)
CBL - Câmara Brasileira do Livro

MARX, Daniel

SOU ADOLESCENTE E MINHA VIDA É UMA MERDA –
2ª ed. – Diadema - SP, Brasil, 2022
168 p.: il.

ISBN :978-65-00-31100-6

I.   Literatura   II. Infanto-Juvenil | Título

Formato:A5 14x21

Filos Editora
Av. João Cardoso, 818 | Centro
CEP: 18760000 | Cerqueira César | SP
E-mail: assessoriafilos4@gmail.com
www.filoseditora.com.br

BIOGRAFIA

Daniel Marx é Pós-Graduado em Criação Publicitária e Planejamento de Propaganda. Pós-Graduando em Política Brasileira e Realidade Socioeconômica. Com formação em Marketing, Artes Cênicas, e Jornalismo. Daniel Marx é publicitário, dramaturgo, escritor, cineasta, ator, apresentador, colunista e roteirista.

Membro vitalício da Academia Internacional de Literatura Brasileira e da Academia Independente de Letras de Pernambuco.

Também recebeu o título de Evidência Literária em 2021. Também foi indicado ao prêmio de melhor escritor brasileiro no mundo na categoria infanto-juvenil. Publicou 11 livros em autoria e coautoria e entre suas obras estão os livros: Anjo Maldito, Último Degrau e Mídia, Experiência e Interação. Também assina a coluna de diversos jornais e portais de notícias.

PREFÁCIO

Ao adentrar no universo de ÁRTHUR, o universo dos adolescentes, precisei agir com muita sensibilidade, cuidado, empatia e atenção para poder entender melhor as dificuldades e os mistérios relacionados a adolescência. A experiência foi tão incrível, que meu dia de domingo chuvoso aqui na Suíça, se transformou em um palco de turbulentas emoções me fazendo reviver toda a minha juventude conturbada. Participei em cada capitulo, sorri, refleti, chorei! Tive que parar diversas vezes a leitura para sair, tomar um ar fresco, e retornar ao conteúdo.

Como encontrar o caminho certo com um pai ausente e uma mãe alcoólatra? Os integrantes da família: Pai, mãe, avôs e tios são responsáveis por direcionar e alinhar as dúvidas e dificuldades dos adolescentes que se sentem perdidos numa fase em que tudo parece ser uma merda.

E quando a vida é uma merda, nos trancamos em nosso egoísmo, na nossa ignorância, nos entregando em alguns casos as drogas, a violência, ao crime, a rebeldia, a depressão, tentativas de suicídio e muitas vezes desafiamos até mesmo Deus.

Passar a vida revoltado com tudo e sentindo pena de nós mesmos, muitas vezes nos impede de ver o que acontece ao nosso redor.

O Autor Daniel Marx neste livro, revela que a adolescência é um período de mudanças significativas na vida de um jovem. Jovens que muitas vezes, não são compreendidos e até mesmo tratados com desrespeito por parte dos adultos. O tema abordado aqui é de grande relevância para a sociedade nos dias atuais. Para que os jovens não sintam que suas vidas não tem valor, é necessário que todos nos estejamos engajados na defesa, orientação e proteção de nossa juventude. Precisamos ser coerentes e criticar menos a juventude.

Muitos jovens sentem, na carne e na alma, os atentados contra seus sonhos mais singelos. Temos que dar para eles uma motivação, uma razão de viver, um prazer Somente no amor e nas boas amizades é que encontramos o meio de tudo.

Tenho essa obra como um marco orientador para pais e filhos. Isto porque o conteúdo desta define-se no enfrentamento de temas polêmicos e atuais de interesse de todas as sociedades a nível mundial: Paz, amor, perdão, mudança de vida, recomeço e a explicação de que Deus se manifesta na vida de um adolescente e até mesmo na nossa de diferentes formas.

Lúcia Aeberhardt
Embaixadora da Paz, arte terapeuta, autora e CEO Madalena's Suíça-Brasil

SUMÁRIO

DANIEL MARX

2º edição

ÁRTHUR, O MENINO

Olá, meu nome é Árthur, isso mesmo, Árthur, com destaque na letra "A", acho que meus pais gostavam de nomes americanizados se é que vem de lá essa forma de pronúncia. Eu poderia ter um nome normal, mas parece que estavam adivinhando que eu nunca seria normal e nem teria uma vida normal.

Eu tenho 16 anos, sou depressivo, viciado e muito cético. Meu pai morreu e minha mãe é alcoólatra, não tenho mais família, alguns parentes distantes, mas que não conheço... Na verdade, tenho alguns amigos que posso chamar de família e outros que considero uma praga em minha vida... Bem acho que esse é o resumo da minha vida...

Ah! Quase me esqueci! Eu também não acredito em Deus!

MAX

Eu adoro ficar aqui deitado em meu quintal no final da tarde olhando as es- trelas aparecerem, fico refletindo como as estrelas nunca parecem estar sozinhas, sempre as vejo separadas em uma tríade.

- Au, au, au.

Esse é meu cachorro Max, é um vira lata assim como eu, mas é lindo e meu melhor amigo... Tem uma boca fedida, mas adoro quando estou aqui deitado e ele pula em cima de mim e lambe minha cara.

Certa vez, estava voltando da escola e vi alguns garotos se divertindo, enquanto atiravam pedras em uma matilha de cães, os vira latas tentavam enfrentar os garotos, mas estavam com medo, famintos e feridos. Fiquei observando os garotos, enquanto os cães fugiam amedrontados, percebi que um pequeno filhote não tinha conseguido fugir e estava preso em uma cerca de arame farpado velha.

Eram três garotos, um negro e dois louros que pareciam três capetas, não tinham mais que doze anos, mas a maldade de um Jack, O Estripador. Um dos moleques louros se aproximou do pequeno cão com um tijolo levantado sobre a cabeça, ele tinha o cabelo tão branco e liso que refletia no sol escaldante, e tantas sardas no rosto fino que lembrava uma hiena.

O pequeno cãozinho gritava desesperado, imaginando o que viria lhe acontecer em seguida, observei os pais e irmãos do pequeno cão observando indefesos e assustados, latindo em um morro perto como que buscando uma alma caridosa que os ajudassem.

Eu já fui moleque como eles e fui muito mais perverso também. Percebi a intenção daqueles filhos da mãe, iam massacrar o pequeno animal que tremia feito vara verde, eu não poderia fingir que não via o que estava acontecendo ou o que iria acontecer.

Não tenho pena de humanos, mas os animais não têm culpa dos animaisque somos.

- Ei! Moleques, larguem as pedras e vão embora. – Falei em tom ameaçador, que logo em seguida percebi que não surtiu efeito.

- Vai embora, seu bundão! – O amarelo com a pedra erguida gritou.

Juro que queria socar aquela cara de fuinha dele, mas eu iria acabar encrencando já que eram menores do que eu e nós sabíamos que éramos da mesma vizinhança.

- Deixem o cãozinho aí, já se divertiram o bastante vão embora. – Tentei mais uma vez já perdendo a paciência que nunca tive.

A resposta veio em seguida quando senti uma dor infernal e minha vista escureceu por um segundo. Em seguida, um caldo de sangue grosso desceu da minha testa em direção a minha bochecha.

- Desgraçados! – Gritei, aquele moleque negro havia acertado uma pedra em minha testa, acho que fiquei cego de raiva, porque em um momento eu estava em pé sangrando e no momento seguinte eu estava socando os três moleques com tanto gosto que me deu vontade de rir, enquanto eu os ouvia gritar com a boca, olhos e nariz sangrando e em seguida correndo para baixo das saias de suas mães.

- Tô ferrado – Pensei em voz alta, logo os pais, irmãos, mães ou a polícia viriam atrás de mim. Tudo bem, na melhor das hipóteses eu seria espancado ou preso na Fundação Casa novamente, na pior, me matariam e largariam meu corpo naquele matagal ali mesmo.

Agachei e desenrolei o arame da pata do cãozinho que a essa altura já sangrava, limpei o sangue da minha testa que já mostrava sinais de coagulação.

- Maldito garoto – Aquela pedrada me rendeu uma semana de muita dor de cabeça e uma cicatriz que eu sabia que ia me acompanhar para sempre.

Libertei o pequeno animal e esperei que ele corresse até seus parentes, enquanto isso eu iria ficar ali sentado, aguardando a minha sentença merecida, mas que não me arrependia nem um pouco.

O engraçado foi que nada disso aconteceu.

O cãozinho não saiu de perto de mim, olhei no morro e os outros cães não estavam mais lá, os moleques não estavam voltando com seus pais para me matar e o cãozinho me lambia e tentava brincar comigo, enquanto mancava, parecia feliz e agradecido por eu ter-lhe salvado a vida. Ele entendia, entendia tudo o que tinha acontecido.

Sorri para o pequeno animal que pareceu me retribuir com um arranhão de sua pequena patinha em minha mão. Eu não podia deixá-lo ali, seria morto cedo ou tarde, e ainda mais agora que seus pais o haviam abandonado. Levantei e limpei a poeira da minha calça jeans, olhei para aquela pequena criatura mordendo meu tênis velho e senti algo no coração que nunca havia sentido antes, agachei e peguei o pequeno cão de tom avermelhado, podia sentir suas costelinhas de tão magrinho e maltratado que era. Então, decidi levá-lo comigo.

Eu o batizei de Max, era o nome do filho do Pateta, um desenho da Disney que eu adorava.

Já faz um ano desde então.

SR. MATHIAS

- Olá Árthur, como vai?

- Olá Sr. Mathias, eu estou bem e o senhor?

- Estou indo, meu filho, com a graça de Deus, tirando a minha gota que está me matando, o resto a gente vai levando.

- São coisas da juventude, Sr. Mathias – Brinquei.

Sr. Mathias era gente boa, meu vizinho, um velho de uns sessenta e tantos anos, viúvo. Eu o conheço desde que me entendo por gente, sempre foi um homem bom, uma das poucas pessoas que gosto na vida, sempre aparecia em meu muro para perguntar como eu estava.

Lembro que ele fazia o mesmo com meu pai, quando mudamos para cá, meu pai falava que Sr. Mathias já morava ali, lembro bem pouco da falecida esposa dele, eu tinha cinco anos quando ela faleceu, o diabetes a matou, Sr. Mathias sempre me conta a história de como sua esposa me enchia de mi- mos, fazia bolos e biscoitos que, segundo ele, eram deliciosos. Seus olhos se enchiam de lágrimas quando falava de sua esposa e desde então ele vive só, sabíamos que ele tinha um filho, mas que já não morava com ele e nem vinha visitá-lo.

Eu gosto do Sr. Mathias, ele vive doente e sempre tenho que ir à farmácia comprar seus remédios, não sei se faço isso porque gosto dele ou por pena. Acho mesmo que faço simplesmente porque ele sempre me dá uma grana quando lhe faço favores, talvez por isso não me importo de ir à padaria, mercado ou farmácia, assim sempre tenho uma graninha extra para minha maconha e cerveja.

- E como está sua mãe? – Perguntou Sr. Mathias, enquanto varria as folhas do pé de abacate do seu quintal.

- Está dormindo e bêbada como sempre, ainda não levantou hoje nem pra comer. – Respondi.

- Fiz uma lasanha, mas não estou com apetite para isso, se você quiser jantar com a sua mãe eu posso pegar.

Era claro que eu queria, Sr. Mathias cozinhava que era uma beleza e sempre estava indisposto para comer e eu o ajudava nesta tortura sem pensar duas vezes.

MINHA MÃE

Esquentei a lasanha e coloquei na mesa, fui até o quarto onde minha mãe estava dormindo para chamá-la para que colocasse alguma coisa no estômago. Minha mãe era uma mulher bonita, mas assim como eu era depressiva e alcóolatra.

Meu pai sofreu muito com ela, cansei de pegá-lo chorando, ele gostava muito da minha mãe, mas era muito fraco para enfrentar aquela situação. Acho que o desgosto matou meu pai, na verdade ele era um frouxo, um fraco. Minha mãe dominava a casa, brigava, batia em meu pai e quebrava as coisas, eu sempre corria para o meu quarto e chorava sentando, abraçando as pernas e pedindo a Deus que parasse aquela briga e fizesse minha mãe melhorar e a gente voltar ao normal.

Deus nunca me respondeu.

Minha mãe estava só pele e osso, mesmo assim, ainda era bonita. Eu a observei enquanto ela estava dormindo e lembrei-me de quantas vezes ela me fez chorar, de quantas vezes me deixou sozinho em casa à noite e saía para fazer sei lá o que.

Na verdade, eu sabia.

Ela saía com as amigas antes de meu pai morrer e às vezes não voltava para casa à noite, isso fazia ele sentir um grande desgosto, principalmente ao ver minha mãe chegar totalmente embriagada quando o dia estava começando a nascer, muitas vezes chegava sozinha e outras acompanhada de alguma ami- ga que a deixava de carro na porta... Ou de algum amigo que nunca sabíamos quem era.

Eu desejei que meu pai a matasse, mas foi ele quem morreu me deixando com aquela mulher. Ela nunca cuidou de mim, cansei de dormir com fome e até doente, ela chegava em casa e não eram raras as vezes que me batia por qualquer motivo que fosse.

Eu odiava aquela mulher.

- Mãe. – Chamei – Mãe, acorda e vem comer.

-Vai pro inferno. – Foi a resposta dela.

- Eu já estou nele... Se é que existe. – As ofensas da minha mãe não me machucam mais, eu até sinto pena dela, mas quando ela morrer não sei se vou chorar.

No fundo eu sabia que não derramaria uma lágrima por ela.

Não a chamei uma segunda vez, sentei-me à mesa e comi parte da deli- ciosa lasanha sem me dar ao trabalho de pegar um prato, fui até a geladeira e peguei uma cerveja, tomei no gargalo mesmo, não queria ter que lavar louça depois, fiquei sentado por um bom tempo, refletindo sobre minha vida.

- Que merda de vida.

Acendi um cigarro da minha canabis e dei uma tragada demorada. Isso era bom, me fazia sentir fora deste maldito mundo.

- Vá fumar essa porcaria lá fora, seu maconheiro de merda.

Minha doce mãe tinha levantado, olhei para ela e percebi que havia aparecido algumas rugas em seu belo rosto, estava ficando velha. Ela estava parada diante de mim com os cabelos despenteados e com o roupão velho de sempre. Estava encostada no batente da porta do quarto, parecia uma estranha para mim, eu me esforçava para ter algum tipo de sentimento por ela, mas não conseguia, éramos dois estranhos dividindo o mesmo teto.

Minha mãe trabalhava como secretária executiva de uma empresa na Praça da República no centro de São Paulo, tem um bom salário e sei que é um bom emprego, também sei que ela tem um caso com o chefe. Ela recebe a pensão pela morte do meu pai e como não temos muitos gastos, esse dinheiro dá para gente viver bem.

Eu estou trabalhando como jovem aprendiz em uma empresa de tecnologia, lá é uma bosta, mas estou ao menos aprendendo e ganhando minha grana para meus caprichos que se resumem a jogos de computador, cerveja, maconha e sair com a galera às vezes.

Vou fazer uma tatuagem.

Essa é nossa bela vida. Cada um faz suas coisas durante a semana e mal nos falamos e nos finais de semana, minha mãe enche a cara com os amigos ou namorados e eu saio com minha turma para alguma balada ou para nos drogarmos.

Acabei o colegial e ainda não sei a faculdade que vou fazer. Talvez TI ou outra merda qualquer nessa área, não tenho grana para pagar uma facul e minha mãe nunca vai bancar, mesmo eu tendo direito a parte da grana do meu velho. Então, tentaria uma bolsa ou algum tipo de financiamento.

Eu nunca conseguiria um financiamento, precisava de alguém responsável para ser meu fiador e eu não tinha ninguém.

Queria logo completar dezoito anos e sumir daquela casa, iria o mais longe que pudesse para fugir da minha vida. Não sei se quero casar, mas talvez iria para o interior arranjaria um emprego e aos finais de semana iria pescar, jogar bola, fumar minha maconha e viver a minha vida.

Voltei para o quintal sem retrucar com minha mãe. Deixei meu corpo cair no chão e dei outra tragada.

Deitei-me novamente na grama, aparada por mim no último final de se- mana, e senti o corpo quente do Max se aninhando junto ao meu. Fiz um carinho em sua cabeça e como sempre ele me retribuiu com uma lambida molhada. Eu tenho uma namorada, o nome dela é Nina. Acho que gosto dela, é uma garota linda, meio dark, bem estilosa, cabelos lisos e negros, pele branca feito vela e olhos verdes claros. É uma menina do bem e tenta sempre me dar conselhos para eu não me ferrar, gostamos de dividir a mesma maconha.

Ela gosta de mim, nos conhecemos no sétimo ano. Começaram as aulas e eu como sempre me sentava no fundo da sala, no lugar dos bagunceiros e marginais de plantão. Eu não tinha uma boa fama, já tinha arrumado muita confusão na escola e minha mãe era chamada com frequência.

Certa vez levei uma suspensão de vinte dias, porque quebrei o braço de um garoto. O idiota foi tirar uma com a minha cara, eu tinha saído com uma garota que ele gostava e o babaca foi me encurralar no banheiro para me intimidar, pegou em meu pescoço, me ameaçando e no momento seguinte estava gritando de dor ajoelhado no chão com o braço torto de uma forma que parecia ser feito de borracha.

Não deu outra, minha mãe foi chamada, eu fui suspenso e mesmo explicando o que tinha acontecido, quando cheguei em casa minha mãe me bateu feito um cachorro vira lata. Lembro que senti muita dor, mas não chorei e isso a irritou ainda mais, fazendo com que desferisse golpes ainda mais fortes. Se- não fosse Sr. Mathias, eu acho que ela teria me matado, ele ouviu as agressões e entrou em minha casa, segurou a minha mãe que esbravejava e chorava falando que eu era o maior desgosto de sua vida e ainda ia matá-la, assim como matei meu pai.

O drama barato de sempre.

No começo essas palavras me magoavam muito, com o tempo cheguei até a acreditar que realmente meu pai tinha morrido por minha culpa. Com certeza não fui eu quem deu desgosto. Ela era, uma vadia.

- Se levanta daí imprestável, vai na farmácia comprar um remédio para mim, estou com uma dor de cabeça de matar. – Gritou minha mãe.

Se eu soubesse que realmente essa dor de cabeça a mataria talvez eu nunca voltasse da farmácia.

Entrei em casa e peguei o dinheiro que ela deixou largado em cima da mesa, já sabia os comprimidos que ela usava para curar a ressaca, peguei minha bike e fui à farmacinha de seu Pedro. Ele já me conhecia, acho que ia mais naquela farmácia do que muitos doentes da região, eu sempre estava lá para a minha mãe ou para o Sr. Mathias. Pedi os remédios e enquanto ele foi buscar, eu aproveitei para pegar algumas barras de cereal e colocar no bolso. Seu Pedro me deu uma sacolinha com os remédios e eu paguei para ele.

Só esqueci-me de pagar pelas barras de cereal que havia escondido no bolso da calça.

Voltei para casa comendo minhas barrinhas, deixei os remédios largados sobre a mesa. Minha mãe estava no banheiro, fui até a porta devagar e encostei o ouvido. Escutei seus soluços, ela sempre se trancava no banheiro para chorar sozinha, fazia isso com frequência. Eu nunca perguntei por que ela estava chorando, talvez fosse saudades de meu pai, ou desgosto por eu ainda está vivo.

Acho que vou morrer sem saber a resposta.

Fui para o meu quarto e fechei a porta, ia tentar dormir um pouco, no dia seguinte seria segunda-feira e eu tinha que estar no trabalho bem cedo.

Fiquei até às duas da manhã jogando Assassins Creed. Eu odiava as segundas-feiras, mas quem não?

Trabalhei aquele dia com os olhos pesando, não via a hora de chegar em casa e cair na cama.

Quando levantei aquela manhã, minha mãe já havia saído, comi uma banana e tomei um copo de leite antes de sair, odiava pegar aquele ônibus lotado com todas aquelas pessoas mal-educadas e aquelas conversa fúteis, eu costumava colocar meus fones e fechar os olhos, não queria papo com nenhum desconhecido ou tarado, curtia rock e reggae, dois extremos da música, e quando achava algum lugar pra sentar me dava ao luxo de ir dormindo até meu ponto final.

Cheguei em casa aquela noite como as seguintes. Minha mãe ainda não tinha chegado, fui para a cozinha preparar alguma coisa fácil para comer, fiz um macarrão e fritei uns pedaços de frango. Eu sabia cozinhar bem, foi uma das poucas coisas boas que minha mãe havia me ensinado.

Com certeza me ensinou para que eu cozinhasse para ela.

Estava comendo quando ela chegou, havia passado no mercado e com- prado algumas coisas.

- Oi.

Foi a palavra seca que saiu de sua boca.

- Oi, mãe - Respondi indiferente. – Fiz comida.

- Obrigada, mas já comi na rua.

- Ok.

Da próxima vez divido meu sagrado jantar com o Max.

Terminei de comer e levei a louça para a pia e o que sobrou da comida guardei na geladeira, queria cair na minha cama o quanto antes e esquecer que eu existo, esquecer que o mundo existe, e fui para o quarto sem dar boa noite.

- Não vai lavar essas porcarias que deixou na minha pia? – Ela perguntou enquanto abria a geladeira e pegava uma cerveja.

E você não vai parar de beber? – Pensei, mas não me arrisquei a falar, queria prezar pelos meus belos dentes.

- Não posso lavar amanhã? Estou muito cansado, não tive um bom dia.

- Não, lave essa merda agora! O meu dia nunca é bom e não paro a minha vida por causa disso, e se você morrer dormindo não quero ter que limpar sua sujeira.

Engraçado como ela sempre se superava em suas formas de me ofender, acho que ela tinha um dicionário de como me machucar. Quando eu penso que já estou calejado, ela arruma uma nova arma que abre uma ferida.

Lavei a louça em silêncio, enquanto via pelo canto dos olhos ela pegar alguns comprimidos que eu sabia que se tratava de tarja preta e tomar com a cerveja.

Ela estava se matando aos poucos.

O ASSALTO

Aquela semana se arrastou feito um caracol e eu não via a hora de chegar o sábado, eu iria encontrar a Nina e a galera, íamos a uma festa.

Eu tinha alguns amigos barra pesada, mas um deles era o que podia se chamar de lixo tóxico.

Sandro era do tipo que ninguém se metia, ou você estava do lado dele ou era seu inimigo. Eu não tinha medo do Sandro, mas sempre mantinha os olhos abertos, ele era do tipo de cara que já tinha experimentado de tudo nesse mundo e só tinha dezoito anos. Ele já tinha se envolvido em agressões, tráfico, roubo, assalto e até tentativa de assassinato, se continuasse assim não iria durar muito tempo e se eu continuasse saindo com ele o meu fim não seria muito diferente, aliás eu devo a ele a minha experiência na Fundação Casa.

Uma vez, ele me convidou para um esquema que iria me render uma boa grana, uns cinco mil reais mais ou menos, eu não era inocente e sabia que se tratava de alguma coisa errada, ele não tinha me falado até chegar ao local com mais dois parceiros.

Sandro havia me convidado e eu aceitei, simples assim, eu não estava nem aí para a minha vida e muito menos para a vida dos outros. Ele chegou de carro em minha casa por volta das sete da noite em um final de semana, entrei no carro sem perguntar para onde iríamos e nem o que íamos fazer, o som do carro estava alto e ouvíamos Led Zeppelin, após rodar alguns quilômetros paramos em uma rua erma e Sandro abaixou o som para compartilhar seu plano.

Nós iríamos assaltar um posto de gasolina. Que merda.

Meu coração parecia a bateria de uma escola de samba, enfim eu iria ferrar de vez com a minha vida, estava no meio de uma quadrilha que ia assaltar um posto de gasolina. Parece que eu tenho imã para atrair merdas. Em menos de uma hora eu estava envolvido em uma quadrilha armada e tinha virado um assaltante.

É claro que isso não poderia dar em coisa boa. Após o plano meia boca de Sandro, arrancamos com o carro e antes de chegar na rua do posto nos deparamos com uma blitz da polícia, ficamos apavorados, achei que ia enfartar, Miguel um dos parceiros do Sandro conseguiu jogar a arma pela janela minutos antes de sermos parados.

Eu nunca tinha visto tantas armas apontadas para mim como naquela noite.

Minha cabeça doía feito o inferno, os policias da Rota gritavam conosco e nos empurravam contra o carro, eu estava tão assustado que mal conseguia entender o que eles falavam, eu não conseguia formular uma simples frase, mas logo meus sentidos voltaram quando um tapa acertou meu ouvido, eu cambaleei e quase me esborrachei no chão se não fosse a viatura a minha frente que absorveu o impacto. Fomos levados à delegacia e indiciados por roubo de veículo.

Isso mesmo, a merda do carro era roubado.

Sandro tinha roubado o maldito carro, ainda bem que não acharam a arma, senão poderia ser ainda pior, encontraram dois papelotes de cocaína e um cigarro de maconha conosco.

Não preciso falar de quem era a maconha, né?

A quantidade de drogas era insuficiente para respondermos por tráfico, mas o carro roubado já implicava e muito nossas vidas, todos fomos encaminhados para a Fundação Casa. Sandro teve muita sorte, pois ainda tinha dezes- sete anos, iria completar dezoito dali a quinze dias.

Que merda eu tinha me metido? Minha mãe iria acabar comigo, se eu escapasse daquela nunca mais iria sair com o Sandro.

Essa promessa eu não cumpri.

De todos nós, o único que ficou preso foi o Sandro, os policiais tinham ido até minha casa para avisar minha mãe que ela tinha que assinar uns documentos como responsável por minha conduta. Eu estava me mijando de medo só de imaginar minha mãe chegando naquele lugar para me buscar.

Colocaram-me em uma cela com meia dúzia de adolescentes entre eles um garoto de mais ou menos onze anos, o policial falou que uma viatura tinha ido até nossas casas para falar com nossos responsáveis.

Os pais de todos os garotos apareceram menos a minha mãe, somente após vinte e quatro horas ela foi me soltar, ela fez de propósito, queria que eu dormisse na cadeia ou que fosse estuprado.

Felizmente apenas a primeira coisa aconteceu.

O policial foi me buscar na noite seguinte, eu estava sujo fedendo e com fome.

- Levanta trombadinha uma alma santa resolveu te tirara daqui.

Eu levantei daquele chão úmido e frio e quando passei pela porta da cela, o policial me empurrou contra a parede com tanta força que perdi o ar.

- Escuta aqui, seu merdinha, você vai se comportar lá fora ou juro que se eu o pegar novamente, sua mãe vai buscar seu corpo em uma vala qualquer.

Eu não respondi e nem arrisquei olhar em seus olhos, mas pude sentir um bafo horrível de sua boca quando ele falou quase engolindo meu nariz.

O policial me empurrou em direção a porta com um pontapé em minha bunda.

Quando cheguei em uma sala minha mãe estava acompanhada de Sr. Mathias.

Ainda bem. – Pensei, pelo menos ela não iria me batendo dali até em casa, com Sr. Mathias ao nosso lado ela iria se controlar.

Olhei para minha mãe que chorava desesperada conversando com o de- legado, enquanto era consolada pelo Sr. Mathias. Quando ela me viu, secou as lágrimas e me fulminou com um olhar gelado e já ia se levantar para vir em minha direção, talvez para me matar, mas Sr. Mathias segurou em seu ombro e ela voltou a sentar.

Sr. Mathias, então, se levantou e veio até mim. Eu estava envergonhado mais por ele do que pela minha mãe. O velho me abraçou apertado como só um pai ou avô faria e perguntou se eu estava bem, respondi que sim. Ele então afagou minha cabeça e falou para irmos embora.

Minha mãe dirigiu todo o caminho sem dar uma palavra, eu sabia que mais cedo ou mais tarde ela ia arrancar meu couro. Estava faminto e cansado, e sabia que aquela noite ia ser longa.

Chegamos em casa e ela entrou primeiro deixando a porta aberta atrás de si.

- Obrigado, Sr. Mathias. – Agradeci envergonhado.

- Você é um bom garoto, Árthur, só precisa ser compreendido. – Ele falou com um semblante triste.

Naquele instante, eu quis cavar um buraco no chão e me enterrar. Como pude chegar aquele ponto, meu pai estaria envergonhado se me visse agora e se estivesse vivo aquele seria um bom motivo para morrer de desgosto.

Sr. Mathias não foi para sua casa, entrou comigo. Ele devia estar adivinhando que se me deixasse só, minha mãe iria acabar comigo. Queria ir para o meu quarto me trancar e fugir do mundo, mas tinha que enfrentar aquilo como um homem.

Sentei-me à mesa da cozinha e esperei o sermão da minha mãe, ela estava sentada no sofá da sala olhando para a TV desligada. Sr. Mathias foi até ela, sentou-se ao seu lado e ficou conversando por um longo tempo. Minha barriga roncava e senti minhas pernas fracas, então Sr. Mathias veio até a cozinha e preparou um café, mexeu em nosso armário e colocou alguns pães, manteiga e frios sobre a mesa. Eu devorei dois pães recheado em menos de dois minutos, o café estava delicioso.

Abençoado seja, Sr. Mathias – Pensei.

Quando terminei de comer, percebi minha mãe vindo em minha direção. Agora senti minhas pernas tremendo de medo e a minha fome tinha desaparecido, dando lugar a uma forte dor no estômago.

- Depois que comer, tome um banho e vá dormir. – Ela simplesmente falou isso e foi para seu quarto.

Ela simplesmente não me matou e essa era uma das únicas vezes que eu sabia que realmente eu merecia.

Aquela noite não preguei os olhos. O que eu estava fazendo da minha vida? Fiquei olhando para o céu através da janela do meu quarto, em alguns momentos tenho certeza de que ouvi os soluços da minha mãe, talvez ela estivesse certa.

Eu era mesmo uma desgraça.

Encarei o céu, estava repleto de estrelas, parecia alegre, um contrataste com a minha vida, era como se me afrontasse. Lembro que por diversas vezes chorei e rezei pedindo uma resposta, pedindo para Deus devolver meu pai, para acalmar minha mãe, para me proteger da escuridão, tirar a dor e o medo. Mas nunca tive uma resposta, então cheguei à conclusão de que Deus ou estava morto ou nunca existiu e que todas as belas histórias contadas nas missas não passavam de mitologia, meros contos de fadas, mas prefiro as gregas ou nórdicas. Prefiro Odin e Zeus do que Deus, eles são mais heroicos, e Thor ao invés de Jesus. Thor é mais poderoso e imponente e sempre salva as pessoas que precisam dele.

Aquela semana minha mãe falou comigo somente o necessário, não brigou e nem esperneou e claro, não tentou me matar, parecia vazia e sem vida.

Acho que prefiro a versão louca dela.

NINA

A semana passou rápido e já era sábado novamente, eu ia encontrar a Nina e os meninos, nós íamos a uma festa e podem apostar que eu ia extravasar.

Eu cheguei primeiro na balada e comecei a procurar a minha turma.

Pelo jeito a balada estava bombando, lotada e dava para ouvir a banda levantando a galera. Eu adorava essa balada, sempre tocava os rocks que eu mais curtia.

Já tinha uma galera louca na fila para entrar, eu ia aguardar a Nina e o pessoal chegar. O bom que naquele lugar não pediam documento para gente.

Se pedissem, com certeza mais da metade das pessoas que estavam ali não iriam entrar e as finanças daquela casa iriam afundar.

Observei alguns garotos cheirando cocaína perto de uma árvore, outros bebendo e quebrando algumas garrafas, vi também alguns homens andando entre os garotos, todos sabíamos que eles eram os responsáveis por abastecer a droga do local, eu nunca gostei de cocaína, usava apenas maconha, minha velha e boa maconha.

Eu nunca fui santo e já tinha experimentado vários tipos de drogas, mas me adaptei apenas com a maconha e às vezes usava umas balas com álcool em algumas baladas como aquela.

Certa vez, estava na casa de um amigo, estávamos jogando vídeo game.

- Vou pegar uma coisa para gente - Falou meu amigo deixando o console no chão e indo até seu guarda-roupas, imaginei que ele iria pegar algo para nós comermos, mas o que ele trouxe não tinha nada a ver com comida.

Mas não deixava de ser para consumir.

Ele tirou dois pacotinhos de plástico com um pó branco dentro, estava envolto em uma folha de caderno.

- O que é isso? - Perguntei, mas já sabia a resposta.

- Uma coisa que vai fazer você pirar. - Ele respondeu.

Eu não estava nem um pouco interessado em pirar, minha vida já era uma piração total. Meu amigo colocou um pouco de pó no vidro de uma mesinha que tinha no quarto e encostou um nariz, o pó sumiu feito passe de mágica.

Hoje entendo por que ele era chamado de venta.

- Agora é sua vez - Disse ele.

Fiquei meio relutante, mas fiz o que ele me pediu, encostei meu belo nariz naquela porcaria de pó e suguei como se eu fosse um tamanduá, em uma frequência de segundos fiquei sem ar, o efeito foi muito rápido e logo em seguida vi o mundo virar de ponta a cabeça, uma sequência de luzes começaram a brilhar diante de meus olhos pareciam fogos de artifício, as paredes pareciam estar se fechando sobre mim, meu coração acelerou feito louco, minha boca ficou seca e sentei no chão ou eu ia cair, ouvia meu amigo rindo de mim, mas suas gargalhadas pareciam se transformar em um grunhido de um animal, fiquei assustado com aquele som e quando olhei para meu amigo vi seu rosto derretendo era uma imagem que nunca pensei em presenciar nem mesmo no meu pior pesadelo.

E olha que de pesadelos eu entendo.

Ele parecia uma pintura mal-acabada e animada de Edvard Munch, eu fiquei em pânico, queria correr, mas minhas pernas não me obedeciam e o chão estava se movendo, a única coisa que me veio à cabeça foi fechar os olhos e ouvidos e gritar. Gritei o mais alto que pude e então... Escuridão e silêncio

Abri os olhos e senti que estava em uma cama, era a cama de meu amigo, eu tremia e estava com muita sede, a Nina e Sr. Mathias estavam sentados na cama ao meu lado, meu amigo estava com semblante preocupado, senti um enorme alívio de ver pessoas queridas e de confiança ao meu lado, achei que ia morrer.

- Nina. - Falei com dificuldade.

- Oi, Árthur. – Falou ela com semblante preocupado. - Marcos falou que vocês estavam jogando e de repente você surtou e desmaiou. - Nina falava enquanto acariciava minha cabeça.

Olhei para o Marcos e ele desviou o olhar. Safado.

-Como você está se sentindo, rapaz? - Sr. Mathias falou segurando um caixinha de água de coco gelada que me entregou em seguida.

Tomei a água com uma sede que a tempo não sentia, mas lembrei de algo que me fez gelar de medo.

- Minha mãe. - Falei agitado.

- Não se preocupe rapaz, o seu amigo ligou para a Nina e falou que você não estava bem e ela me procurou, eu preferi manter isso só entre a gente, sua mãe já tem muitos problemas e chegando aqui vi que não era nada tão grave que precisássemos avisar a ela.

Sr. Mathias tinha o dom de tirar as pessoas de encrencas.

- Obrigado. – Falei.

- Você é um garoto bom. - Falou Sr. Mathias, ele sempre falava aquilo. - Só precisa de orientação.

Pobre velho, mal sabia o quanto eu era um caso perdido.

Aquela maldita droga tinha me apagado por alguns minutos e depois eu tinha caído no sono, desde então nunca mais coloquei aquele troço em meu organismo. Sr. Mathias e Nina me acompanharam até minha casa, ela se despediu com um beijo quente e úmido, e Sr. Mathias puxou minha orelha e me deu uma bronca. Ele era um velho esperto e deve ter desconfiado do que havia acontecido.

Sorri ao lembrar como às vezes sou idiota. As pessoas entravam e saíam da balada a todo o instante e eu já estava ficando impaciente com a demora da galera.

- Oi, gostoso.

Eu sorri ao ser abraçado por Nina, virei e olhei para aquela magrela linda. Aquele dia ela estava ainda mais bonita do que o de costume, estava com uma maquiagem clara, mas um batom vermelho sangue, o que a deixava com uma cara de vampira e ainda mais atraente.

- Eu sempre quis ser um vampiro, são sensuais, dominadores, ricos e poderosos. Me morde, por favor!

-Está maluco garoto. - Falou ela sorrindo e me dando um beijo doce e demorado.

Ela estava usando uma jaqueta de couro vermelha e uma calça apertada preta que realçava suas belas curvas, ainda usava uma bota que a deixava da minha altura, estava linda. Eu a abracei e a beijei novamente agora com mais vontade do que antes.

Logo em seguida o restante da galera começou a chegar, entramos na balada que àquela altura estava apinhada de gente dançando, bebendo, na- morando e se drogando. Estávamos acostumados com aquele ambiente, eu me sentia em casa, ali ninguém enchia nosso saco, não nos julgavam, éramos todos iguais, uma tribo, éramos irmãos.

Dançamos muito, eu bebi o suficiente para não perder o senso de equilíbrio, eu adorava ficar de mãos dadas ou abraçado com a Nina, quando eu estava em sua companhia o mundo parecia não importar.

Será que eu estava apaixonado?

No final da noite resolvemos ir para a casa de uma amiga da Nina, ela nos falou que estava só em casa e podíamos terminar a festa lá.

Claro que adoramos a ideia.

Um dos garotos estava de carro e... bêbado, para variar, mas isso era só um detalhe. Ele foi ziguezagueado até a casa da amiga da Nina. Sorte termos chegados vivos, pois adolescentes bêbados e direção geralmente era sinal de velório no dia seguinte, mas se existissem anjos da guarda eles deveriam ter estado muito ocupados aquela noite, pois o garoto na direção parecia que nunca tinha estado atrás de um volante antes.

Entramos na casa fazendo o mínimo de barulho possível para não acordar os vizinhos, não queríamos a polícia envolvida em nossa festinha e muito menos nossos pais falando em nossa cabeça.

Continuamos a beber e a nos drogar, fui para o quintal com a Nina e acendi um cigarro de maconha, fumamos enquanto nos olhávamos demoradamente, eu a adorava e estava realmente caidaço na dela, em seguida nos beijamos.

Ela era linda.

Nos deitamos no quintal e ficamos olhando o céu de mãos dadas.

-Você acha que vamos para o céu? - Ela perguntou.

- Não - Respondi sem titubear e nem explicar minha posição referente ao céu e ao inferno, ela não continuou o assunto, apenas se aninhou ao meu corpo e ficamos em silêncio por um longo tempo, aquela noite estava abafada e estávamos completamente bêbados. Fizemos amor ali mesmo, quando nos tocávamos parecia uma sinfonia de Beethoven, cada nota assim como nosso corpo se encaixando de forma perfeita. Fizemos amor à noite toda.

Noite toda que durou não mais que dez minutos.

Depois dormimos ali mesmo, sentindo a brisa fresca banhando nossos corpos nus. Os outros garotos com certeza estavam fazendo o mesmo, pois não ouvíamos um barulho sequer.

Os pais da Nina não concordavam com nosso relacionamento, eu não os culpava, se fosse minha filha também não ia querer que se envolvesse com um marginal e acabasse grávida ou morta, por sorte eu sempre me prevenia antes de fazermos sexo e nunca iria envolver a Nina em nenhuma das minhas tretas. Nina sempre falava que ia para a casa de uma amiga ou ia para alguma festa com essa amiga e sempre arrumava uma forma de nos encontrarmos, éramos inseparáveis. Não sei o que será do nosso futuro ou se teremos um futuro, mas se houvesse gostaria que fosse com ela, queria fugir com a Nina para o interior, para o campo, íamos ter uma família, dois ou três filhos, uma garotinha com os olhos dela e dois garotos com meu estilo... Ah claro e o Max. Íamos ser uma família perfeita igual as de comercial de margarina.

DESAFIANDO DEUS

Quando cheguei em casa naquele domingo, após nossa balada, o dia já tinha amanhecido. Entrei devagar para não acordar minha mãe, não queria ela falando em meus ouvidos logo cedo, mas ela não estava em casa, aproveitei para ir tomar um banho demorado e refletir um pouco sobre minha vida.

Não tinha muito o que refletir, minha vida era uma merda.

Entrei em meu quarto que estava uma bagunça, era melhor eu arrumar antes que ela resolvesse entrar em minha batcaverna.

Parei diante do espelho, estava apenas de toalha e fiquei me olhando, não lembro a última vez que parei para me olhar assim, as garotas e até alguns garotos me achavam bonito, e eu era realmente bonito, tinha puxado a beleza da minha mãe e o corpo esquio e atlético de meu pai, eu tinha apenas dezes- seis anos e um metro e oitenta, era magro, mas definido, meu abdômen daria inveja a muitos marmanjos que se matam na academia, tinha ombros largos e braços definidos, eu não costumava malhar, então devia aquilo a genética de meu pai e ao futebol nos finais de semana, minha pele era clara, eu era pálido feito uma vela e tinha muitas cicatrizes pelo corpo, eu lembrava de como ganhei cada uma delas, meu cabelo era preto e liso e cobria parte de meu rosto, sempre gostei dos meus cabelos compridos, talvez fosse por isso que minha mãe sempre me mandou cortar o cabelo quase careca, era para me pirraçar, mas hoje ela não manda mais em mim e eu faço com meu cabelo o que eu quiser.

Olhei para minhas mãos e tinham muitos nós, calos e cicatrizes, eram mãos feias, mãos de quem vivia se envolvendo em brigas, minha testa tinha uma cicatriz deixada pela pedrada do garoto que ia matar o Max quando o encontrei, algumas pessoas me apelidaram de Harry Potter por causa daquela cicatriz, eu não me importava com apelidos, já fui apelidado de coisas muito piores. Eu tinha dentes bonitos, grandes, brancos e um sorriso que as garotas gostavam, talvez por tudo isso sempre consegui namorar as meninas mais gatas da escola e do bairro e por esse mesmo motivo arrumava as maiores confusões com os garotos.

Aquele dia fiquei em casa, dei uma arrumada em meu quarto, não fiz comida, comi algumas frutas e um biscoito recheado e um copo enorme de refrigerante. Minha mãe ainda não tinha chegado e já passava do meio-dia. Apesar de tudo eu tinha certo cuidado por ela, afinal nossa família, se é que pode chamar assim se resumia em ela e eu.

Dormi um pouco na sala deitado no tapete, enquanto assistia um filme desinteressante. Aquele dia estava longo e eu estava inquieto, fui até a geladeira e peguei uma cerveja, depois fui para o quintal e acendi um cigarro de maconha, eu não costumava fumar dentro de casa, não queria minha mãe me enchendo.

O Max veio balançando a cauda feliz querendo um afago ou que eu brincasse com ele, peguei uma bola de tênis caída ao meu lado e atirei longe, Max saiu correndo para pegar a bola, ele adorava quando brincávamos assim, repeti aquela brincadeira por mais algumas vezes e depois voltei para dentro de casa, me sentei no tapete da sala, fiquei um tempo ali refletindo, mas não cheguei à conclusão alguma sobre coisa alguma. Eu não gostava daquela casa, não tinha nenhuma lembrança boa dali, nem mesmo antes de meu pai morrer.

Fui até a estante para folhear alguns livros, peguei dois ou três a maioria romances da minha mãe.

Não ia ler aquela merda.

Coloquei os livros de volta. Também tinha uma bíblia nova ao lado dos livros, porém a edição era antiga, o que mostrava que ninguém a pegava muito para ler. Eu peguei a bíblia escolhi uma página para abrir e em seguida li.

- Ainda que eu falasse a língua dos homens e dos anjos se não tivesse amor de nada me adiantaria. – Refleti um pouco naquelas palavras, não me trouxe muita coisa, como era difícil entender a bíblia, nunca fui um estudioso nem praticante de nenhuma religião, nunca precisei de um ser maior, e quando precisei ele nunca me respondeu. Lembro que ia à missa com meus pais quando era muito pequeno, mas não íamos muitas vezes, só o suficiente para tentar limpar as impurezas de nossas almas.

Isso nunca aconteceu, nunca fomos um exemplo de família.

Era um saco ficar ouvindo o padre falando por horas e eu assim como meus pais apenas fingíamos que gostávamos, a visão que eu tinha dos padres era um homem de vestido carregando algumas criancinhas nos bolsos, a de pastor era de terno italiano, mas em vez de crianças eles carregavam maços de dinheiro. Já a visão de pessoas como eu era carregando os bolsos vazios, assim como a alma, porém sem culpa ou adoração, ou devoção a um ser alado seja de cor negra ou branca, assim eu não devia nada a deus algum.

Guardei a bíblia de volta na estante e fui para meu quarto, fechei a porta e fui direto para a janela, fiquei olhando para o céu, queria ver um anjo ou um demônio voando, assim quem sabe eu não mudaria minhas convicções. Um ET também servia.

- Você está aí em cima, Deus? – Falei em tom desafiador encarando o céu. Falei alto suficiente para quem sabe ele ouvir, mas baixo o bastante para os vizinhos não perceberem e acharem que sou maluco.

- Você está vivo? – Continuei olhando o céu e deixando a raiva aos poucos me consumir.

- VOCÊ PODE ME OUVIR? – Gritei.

Nenhuma resposta foi me dada, nem mesmo uma suave brisa soprou meu rosto para ao menos me deixar na dúvida.

Por que Deus tinha me abandonado? Se é que ele existe. Por que me odeia? O que eu fiz? Afinal, não pedi para nascer, não pedi para ter aquela família horrível, aquela vida horrível. Via as pessoas felizes com suas vidas, com suas famílias, com sua fé, não importava se eram bem-sucedidas ou não, sempre estavam de alguma forma felizes. Mas me via sempre vazio, triste e sozinho.

- Talvez se eu chamar pelo demônio ele me ouça, talvez ele não seja tão arrogante como você, ser superior.

No fundo eu queria que Deus existisse, queria sentir o que é Deus, queria que ele não fosse só uma ficção, ter em quem me apoiar, alguém para quem eu pudesse entregar minhas lágrimas, meus sofrimentos, meus segredos. Alguém em quem eu pudesse de fato confiar.

Cai chorando no chão do meu quarto, chorei como a muito tempo não fazia, sentia uma dor que me sufocava e estava me matando, e nem Deus e nem o diabo vieram secar minhas lágrimas.

- Prefiro Thor. – Resmunguei.

Levantei-me e fui pegar minha maconha, acendi um cigarro e me sentei na cama, olhei para a brasa acesa e tive vontade de encostá-la em meu pulso, mas isso seria loucura, não iria causar nenhum efeito seja para o bem ou para o mal.

Eu encostei e deixei a brasa queimar até apagar.

Olhei para meu pulso, ele estava vermelho e a pele queimada, acendi o cigarro mais algumas vezes e repeti aquele ato, queria sentir dor, eu merecia sentir dor. Fiz isso mais algumas vezes até perceber uma gota de sangue escorrendo pela ferida.

- Eu poderia me libertar desse sofrimento. – Falei em voz alta enquanto passavam milhares de pensamentos obscuros em minha mente.

Olhei para fora da minha janela mais uma vez na esperança de ver algum ser me olhando.

- VOCÊ QUER QUE EU ME HUMILHE? – Gritei desta vez sem me importar se alguém iria ouvir. Acho que eu estava louco. Mas quem não estava?

- Vou desafiar você, senhor todo poderoso – Falei entre dentes, enquanto olhava para o alto – Vou rezar para você, e se você não der um sinal de sua existência... Um pequeno sinal que seja, vou saber que não existe ou se existir não dá a mínima para mim, e vou até aquela gaveta em meu guarda-roupas pe- gar meu canivete e vou terminar com essa dor bem aqui no mesmo lugar onde fiz a oração para você.

Eu estava realmente decidido.

Esperei um longo período e nada aconteceu, eu não sabia rezar, mas não poderia ser tão difícil, bastava ter uma conversa com um ser imaginário como se estivesse conversando com meu pai, ou com Sr. Mathias ou com farmacêutico. Ajoelhei-me e fechei os olhos, cruzei as mãos igual eu via nos filmes, abaixei a cabeça e tentei formular algumas frases.

- Não sei se você existe cara, e se existir não sei como você deve ser, mas imagino que seja como um fantasma, pois não podemos te ver... Dizem por aí que você é bom e que ajuda as pessoas... Ah, e que nos ouve em qualquer lugar... Eu não sou uma pessoa boa, por mais que Sr. Mathias diga, as consequências dizem o contrário.

As consequências e minha mãe.

- Eu rezei algumas vezes para você quando era criança e algumas vezes em pensamento quando já tinha crescido e nada melhorou em minha vida, nada mudou, minha mãe continuou traindo meu pai e chegando bêbada em casa, e não parou de me bater ou de me amaldiçoar. Meu pai continuou morto, minha vida continuou uma merda e nunca você teve coragem de me dá um conselho sequer. Parei por um momento, enquanto a raiva crescia dentro de mim e meu coração acelerava, enquanto eu lembrava de toda a minha vida tentei continuar, mas não conseguia me concentrar.

- PRO INFERNO COM SUA PIEDADE, VOCÊ NÃO EXISTE, CARA!

ESTÁ ME OUVINDO? VOCÊ É UMA FARSA! – Gritei a plenos pulmões.

Eu estava pirando, andando de um lado para outro no quarto, acendi outro cigarro de maconha e fumei com vontade, a raiva crescia em minha alma.

Se é que eu ainda tinha uma.

Chutei uma mesinha de canto e ouvi a lâmpada do abajur que estava sobre ela se espatifar quando a mesinha tombou no chão. Puxei o lençol da minha cama e rasguei com o máximo de força que consegui, joguei meu col- chão no chão e virei a cama sobre ele, eu estava possuído de raiva. Chutei as portas do meu guarda-roupa feito um animal, então puxei uma gaveta e a atirei ao chão, caíram algumas moedas, cuecas, maconha, camisinhas e o meu canivete de caça.

Eu estava enfurecido, mas quando vi o canivete caído a minha frente lembrei da promessa que acabara de fazer.

De repente o mundo havia mudado, uma neblina parecia ter tomado conta do meu quarto e eu não via e nem ouvia mais nada a não ser o canivete e a vontade de arrancar aquela dor do meu peito. Me agachei devagar, meu corpo estava dormente. Peguei o canivete. Sentei-me junto a minha cama virada e olhei uma última vez para o céu e sorri sadicamente.

- É isso que você quer? Então, é isso que você terá.

Encostei a faca em meu pulso, minha cabeça doía, meu peito doía, estava ficando enjoado e um pouco zonzo, passei a faca e vi um pouco de sangue brotar do meu braço próximo a queimadura que fizera a pouco com o cigarro de maconha.

Uma ardência quase imperceptível, não foi o suficiente, eu teria que ter mais coragem, iria lavar aquele quarto de sangue e todos veriam o quanto eu fui inútil em minha existência. Eu poderia até imaginar as pessoas amontoadas em meu quarto vendo meu corpo no chão encharcado de sangue. Minha mãe iria fingir se importar e talvez até chorasse. A Nina iria sofrer com certeza, Sr. Mathias também, alguns amigos iriam comentar por um tempo, mas o certo é que todos iriam me esquecer e logo eu não passaria de uma história.

Mas eu não me importava.

Ah... quase me esqueci, o Max também sentiria minha falta.

Olhei para meu braço e vi que quase não tinha saído sangue. Eu teria que caprichar desta vez, não iria me acovardar, faria a coisa direito. Encostei a faca mais uma vez, por fim eu iria me livrar de todo aquele fardo.

Um grande silêncio tomou conta do ambiente, eu parecia estar flutuando, mas essa ilusão logo passou quando ouvi o barulho da chave na porta.

- Merda.

Era minha mãe, ela tinha chegado na pior hora. Levantei-me depressa e comecei a arrumar meu quarto, ou ao menos a disfarçar toda aquela bagunça que eu havia feito, escondi o canivete e limpei meu braço, mas dava para ver que ficou arranhado.

Minha mãe tinha ido direto para o quarto dela e eu aproveitei para correr até o banheiro, lavei meu braço e meu rosto, escovei os dentes e fiz bochecho com um enxaguante bucal. Voltei depressa para meu quarto e vesti uma camisa de mangas compridas, penteei os cabelos com as pontas dos dedos e fui para a sala, não queria que minha mãe entrasse em meu quarto, ela não era idiota, iria sentir o cheiro da maconha e iria ver a organização meia boca que eu tinha feito e com certeza iria suspeitar de algo.

Eu tinha mais medo da minha mãe do que de Deus e do diabo.

Deitei-me no sofá e fiquei aguardando-a sair do quarto e brigar comigo, esperei por um longo tempo e acabei dormindo, ela não veio me ver, não veio saber se eu estava vivo, não fazia diferença nenhuma para ela.

A noite chegou e dormimos sem nos ver.

Tive alguns pesadelos aquela noite, aliás, eu quase sempre tinha pesadelos. Às vezes preferia os pesadelos à minha vida real. Eles pareciam ser mais concretos. Acordei de madrugada, alguma coisa não parecia certo, sentei e fiquei encarando a escuridão da noite, eu não tinha medo do escuro. Aprendi a não ter medo.

Quando era pequeno cansei de chorar implorando para que minha mãe deixasse eu entrar em seu quarto, estava com medo do bicho papão, dos monstros que moravam em meu armário e embaixo da minha cama e corria para pedir socorro no quarto dela que quase sempre me retribuía com uma surra para que eu voltasse para meu quarto ou simplesmente ignorava meus apelos como se eu não fosse nada.

Eu não era nada para aquela mulher.

Eu fugia dos monstros em meu quarto quando o verdadeiro monstro estava no quarto ao lado.

Fui até a janela e fiquei olhando o vazio da rua, somente as árvores se moviam empurradas pelo vento. Aquela madrugada ventava muito, era sinal de chuva no dia seguinte, olhei para a lua e fiquei admirando, eu adorava a lua, ela era poderosa, solitária, mas poderosa, eu me identificava com ela, a senhora da noite, a rainha que comandava os céus e os mares.

Eu me casaria com a lua.

Muita besteira se passava por minha cabeça, será que todo adolescente seria idiota como eu?

A COBRA NO QUINTAL

A noite era assustadoramente barulhenta, ouvia os grilos, o vento, uma coruja e até o coaxar de um sapo, pude ver o Max no quintal, parecia inquieto, andava de um lado para o outro no muro, devia estar atrás de um gato ou de um rato, às vezes latia e outras vezes gania meio assustado, tentei ver o que estava acontecendo, mas da janela não era tão nítido.

- Pode ser uma cobra. – Meu coração disparou em imaginar uma cobra picando o Max.

Agasalhei-me com um moletom da Nike, calcei meu tênis e peguei uma lanterna.

Abri a porta devagar para não acordar a minha mãe, aproveitei para pegar uma chave de fenda que estava em uma caixa de ferramenta do lado de fora de casa, acendi a lanterna na direção de Max, tentando ver se achava a maldita cobra ou sei lá o que.

- Max, vem cá garoto. – Chamei baixinho, mas foi o suficiente, ele veio correndo e pulou em cima de mim sujando meu moletom de barro e lama.

- Droga Max, olha para isso. – Tentei limpar com a mão que segurava a chave de fenda, mas a sujeira só estava piorando. Max começou a ganir baixinho e a correr em volta de mim

- Fica quieto, Max. - Falei incisivo, aquele cachorro devia estar ficando maluco.

Fiz uma varredura por toda a extensão do muro e não encontrei nada, mas o Max ainda estava inquieto. Então, resolvi dar uma última olhada em todo o perímetro, porém não encontrei nada de anormal, nem um inseto sequer, se ha- via algo ali já teria ido embora, agachei para ficar da altura do Max e o acariciei para que ele acalmasse.

- Calma, garoto, não tem mais nada aqui, ok? - Abracei meu cachorro como símbolo de proteção e fiquei assim por algum tempo e aos poucos sua respiração foi voltando ao normal e a calma voltou a reinar naquele espaço.

Me levantei para voltar a dormir quando um barulho me chamou a atenção, parecia um barulho de algo quebrando, o Max voltou a se agitar, eu toquei em sua cabeça para que ele se acalmasse, então ouvi um gemido o que fez meus pelos eriçarem, encostei no muro para me proteger de alguma coisa que não sabia o que era, por extinto segurei a chave de fenda contra o peito, respirei devagar para poder ouvir melhor. Então, ouvi algo de vidro ser jogado contra uma parede. Ouvi mais gemidos e foi neste instante que meu sangue gelou, pois aquele barulho estava vindo da casa do Sr. Mathias.

Fui até um ponto onde conseguiria olhar sobre o muro.

Então, vi dois garotos andando pela casa do velho, um não tinha mais do que quinze anos, o outro parecia ser mais velho do que eu. Eu sempre ouvia falar na vizinhança e nos jornais policiais que idosos eram constantemente as- saltados, espancados e mortos. Velhos indefesos desacompanhados e morando sozinhos eram as melhores iscas, todos sabiam que um aposentado sozinho sempre tem a companhia de seu dinheiro da aposentadoria.

O Sr. Mathias era conhecido no bairro, as pessoas sabiam que ele morava sozinho e era um alvo fácil. Coloquei a mão no bolso de meu moletom e fiquei furioso ao perceber que tinha deixado o celular em minha cama, se eu fosse até meu quarto pegar o celular para ligar para a polícia poderia ser tarde demais, então resolvi agir por conta própria, eu daria conta daqueles dois. Espero que não estejam armados.

O que era improvável.

Eu tinha a meu favor o elemento surpresa e uma chave de fenda, e eu era um cara grande e tinha cara de mal.

Pelo menos era o que achava.

Subi no muro e pulei para o quintal do Sr. Mathias feito um gato, sem muita dificuldade graças aos meus um metro e oitenta e pouco peso. Andei devagar até a porta dos fundos e vi que estava destrancada.

- Velho burro.

Entrei devagar, a casa estava escura e apenas as luzes do quarto do Sr.

Mathias estavam acesas.

- Fala onde está o resto do dinheiro, seu velho, ou você vai morrer.

Meu coração quase parou ao ouvir o marginal, a única coisa boa de ouvir

aquilo era saber que Sr. Mathias ainda estava vivo.

- Cof...cof...cof... É tudo que eu tenho, meu filho, eu juro. – Sr. Mathias falou com a voz fraca e tossindo muito.

- É mentira desse velho, vamos apagar ele, cabeça. – Falou o garoto mais novo.

Até aquele momento tinha visto apenas dois bandidos e até agora apenas duas vozes, então eu não estaria assim tão na desvantagem.

- Por favor, cof...cof..cof, levem o que quiserem e vão embora.

Sr. Mathias implorou pela vida e em seguida ouvi chutes serem desferi- dos no pobre velho, segurei a chave de fenda firme em minha mão e apaguei a lanterna. Fui até o quarto onde estavam, ao me aproximar da porta do quarto eu sabia que se não agisse logo eles matariam o velho, então respirei fundo e fiquei diante da porta do quarto, o que vi partiu meu coração.

Sr. Mathias estava deitado cuspindo sangue e os dois malditos estavam de pé na frente dele e de costas para mim, um deles o mais velho estava segurando uma mochila cheia de coisas que deduzi ser do Sr. Mathias e o menor estava segurando um porrete que também deduzi que usou para acertar o velho já que a cabeça dele estava embebida de sangue. Uma raiva cresceu dentro de mim e eu podia aproveitar aquela chance, podia matar os dois ali mesmo, acertaria o pescoço de ambos com a chave de fenda e nem iam perceber o que os acertou e livraria o mundo de dois lixos. Mas eu não era assassino.

Eu fazia muita coisa errada, já tinha roubado, brigado, tinha sido expulso da escola e preso, eu era um verdadeiro imã de confusão, eu não iria matá-los apesar de ter certeza de que mereciam, mas não ia me afundar mais no poço de merda que eu vivia, porém se eu não fizesse nada o velho não iria sobreviver.

- Deixem-no em paz. – Falei com uma mistura de raiva e medo na voz. Que merda eu fiz.

Eles se viraram assustados tropeçando um no outro feito dois patetas.

- Árthur vá embora ou eles vão te machucar. – Falou Sr. Mathias com uma voz enfraquecia.

- Ah, cala a boca Sr. Mathias, isso aqui não é filme americano, ninguém se sacrifica pelos outros. – Falei sem uma gota de paciência, podia jurar que vi Sr. Mathias abrir um sorriso.

- Escuta aqui mano, é melhor dar o fora antes que sobre para você – Falou o mais velho passando o dedo pela garganta como forma de ameaça.

- Eu estou numa merda de filme só pode. – Retruquei. – Vão embora e não chamo a polícia, deixem o velho em paz.

- Eu tenho uma ideia melhor, por que você não enfia essa chave de fenda no rabo e dá o fora? – Gritou o esquentadinho de quinze anos.

- Vamos fazer o seguinte. – Disse o bandido mais velho – Vamos dividir a grana do velho e ficamos quites esquecendo essa merda toda.

Não respondi, apenas apertei a chave de fenda na mão e dei um passo em direção aos dois, me aproximando o suficiente para o menor acertar minha mão com o porrete o que fez a chave de fenda voar a quase dois metros de onde eu estava e acho que minha mão deve ter ido junto. Senti uma dor infernal no pulso.

Merda – Pensei, deve ter quebrado minha mão. Como eu fui burro, devia ter imobilizado um de surpresa e depois daria cabo do outro sem muito esforço, mas agora com um braço e duas pernas não sei se faria muita coisa.

Em seguida os dois vieram para cima de mim e eu fiquei cego de raiva, acertei um chute no estômago do menor que estava com o porrete e logo caiu no chão gemendo, em seguida comecei a socar o outro com a mão que sobrou, ele revidava com uma força brutal, rolamos no chão derrubando tudo ao nosso redor. Sr. Mathias tentava se levantar com dificuldade para me ajudar ou pedir ajuda, então percebi o garoto de quinze anos se recuperando.

Se ele levantar eu estou ferrado. – Pensei. Pois se já estava apanhando de um o que diria de dois, por um momento eu o perdi de minha linha de visão e fiquei desesperado para não ser apanhado de surpresa, e foi o que aconteceu.

Eu estava segurando pelo pescoço do meu agressor, tentando aplicar um mata-leão, foi quando senti uma dor fina em minhas costas, mais próximo do meu quadril, essa dor me fez largar imediatamente o garoto e fui direto com a mão nas costas. Todos ficamos parados quando eu voltei com a mão lavada em sangue, eu não conseguia falar, o garoto menor tinha me furado com a minha própria chave de fenda.

Como eu era idiota.

Não quis fazer com eles o que fizeram comigo, quis dar uma de justo e agora eu estava ferrado.

Olhei para os garotos de pé na minha frente e depois para Sr. Mathias que olhava incrédulo toda a cena, os garotos pegaram a mochila e saíram correndo levando a minha chave de fenda com eles.

O sangue a essa altura já estava sujando todo o espaço onde eu estava deitado, senti enjoo e uma pequena tontura, vi Sr. Mathias ganhar forças e sair correndo pela porta da frente, enquanto gritava por socorro a plenos pulmões acordando os vizinhos.

Eu ainda estava consciente quando vi algumas pessoas entrando correndo na casa do Sr. Mathias e olhando para mim, algumas delas fechava os olhos outras ligaram provavelmente para a polícia ou para o SAMU. Um vizinho se agachou e colocou uma almofada do sofá do Sr. Mathias embaixo da minha cabeça, enquanto tentava falar comigo, mas eu não conseguia entender uma palavra do que ele dizia.

Eu estava com medo e com frio, não conseguia falar, então comecei a cantarolar uma música do Jimi Cliff em minha cabeça "I can see clearly now" Essa música me fazia pensar, sua letra falava que eu podia ver as coisas claras em minha vida, que podia ver os obstáculos em meu caminho, ela falava muito sobre mim.

Olhei para a porta e vi minha mãe entrar de roupão, segurando o braço do Sr. Mathias que já parecia bem recuperado do susto e da agressão, aquela foi a primeira vez que não vi minha mãe bonita.

- Que merda, Dona Raquel vai me matar. – Sussurrei. Foi a última imagem que vi aquela noite.

A PRIMEIRA MORTE

Acho que morri, não era possível estar sentindo uma paz tão grande dentro de mim, eu estava em um lugar lindo. Era muito clichê. Não era possível o céu ser exatamente do jeito que as pessoas relatam, do jeito que desenham, eu não conseguia ver o final daquele lindo lugar, uma grama de um verde que nunca tinha visto antes, árvores belíssimas, nada de carro, nem arranha-céu, nem poluição, apenas pássaros voando felizes, alguns animais correndo.

Com certeza aquele lugar não era o inferno, então só podia ser o céu.

Eu respirei fundo e coloquei a mão no bolso para pegar minha maconha, mas não achei.

Idiota, como iria ter maconha no céu?

Vi muitas pessoas felizes para onde quer que eu olhasse. Enfim, eu estava em paz.

Porém, alguma coisa parecia muito estranho por ali. Passei a mão nas costas e nem sinal do ferimento de chave de fenda e muito menos de dor. As coisas pareciam maiores, as árvores imensas, as pessoas eram muito altas, até mesmo um banco próximo de mim, ele era tão alto que eu teria dificuldade de subir para me sentar nele e olha que eu tinha quase dois metros de altura.

Será que no céu todo mundo era gigante? Mas foi quando eu olhei para as minhas mãos que pude entender tudo, elas eram pequenas, minhas pernas também, meu corpo era tão pequeno que sequer eu media um metro de altura. Logo adiante tinha um belo lago com vários cisnes brancos e negros namorando.

Aproximei-me da borda e dei um grande salto para trás, o que vi no reflexo não era eu, ou ao menos não eu como todos me conhecia, o que vi foi um garoto de cinco anos, cheio de sardas no rosto e cabelo despenteado.

- Minha nossa, eu voltei a ser criança. – Falei tentando criar coragem para olhar novamente, então meio desconfiado me aproximei mais uma vez no belo lago e lá estava eu. Sorri timidamente e vi meus dentes de leite ainda tortos, então comecei a gargalhar feito uma criança maluca, eu não acreditava naquilo, comecei a correr em volta do lago feito uma criança perturbada, corri sem rumo por aquele espaço infinito, ia correr e rir livre como nunca fui, iria correr até cansar e quando cansasse ia cair no chão e ficar admirando aquele céu maravilhoso, queria viver aquilo para sempre.

Então, algo me fez parar, e não foi o cansaço, mas uma bola de futebol, a bola veio quicando até meus pés como se atraída por mim, achei aquilo meio estranho, nenhum garoto estava vindo atrás de sua bola. Eu a peguei, tinha algumas coisas escritas com caneta preta, a escrita estava um pouco borrada, mas ainda nítida o suficiente para entender, aproximei um pouco os meus novos pequenos olhos e consegui ler.

"Para meu filho querido, Árthur"

Nesse momento mundo parou de girar.

- Não – Falei com dificuldade, enquanto as lágrimas escorriam pela minha face, aquela bola era minha, meu pai tinha me dado de aniversário no mesmo ano em que ele morreu, aquele foi o último presente que recebi dele.

Uma enxurrada de lembranças tomou conta da minha cabeça e então eu chorei. Chorei copiosamente e me senti sem rumo novamente, perdido em um mundo tão imenso, eu olhava fixamente para a minha bola e via como em uma bola de cristal todos os momentos felizes que vivi com meu pai, mas algo fez com que minha mente voltasse ao presente, algo que fez meu coração quase parar de bater.

- Árthur, jogue a bola.

Aquela era a voz do meu pai. Olhei por todos os lados e não o vi.

- PAI! – Gritei – PAI!

- Jogue a bola, filho.

Virei e não pude acreditar, meu pai estava a cinco metros de distância com os braços e sorriso abertos pedindo para que eu jogasse a bola de volta.

Aquilo era o céu que eu queria.

Larguei a bola e sai correndo para abraçar meu pai, abracei ele en- quanto soluçava.

- Calma, meu filho, está tudo bem.

-Pai, você tinha morrido, a mamãe não para de beber, ela me bateu e me deixou dormir sozinho e no escuro, eu cresci, briguei, fui expulso da escola, fui preso, e morto ajudando Sr. Mathias, pai você precisa conhecer a Nina, e o Max....

- Calma, filho, está tudo bem, não importa o que aconteceu, agora tudo vai ficar bem.

- Pai, eu fiz coisas horríveis...

- Tudo bem, filhão, não importa o que você fez, você é um garoto bom. Aquela frase não era do meu pai.

- Você é um garoto bom, Árthur.

Afastei-me um pouco e o encarei, mas o que vi foi sua imagem se desfazendo, seu rosto indo embora, seus olhos lindos ficando transparente.

- Pai...

- Você é um garoto bom, Árthur.

Tudo começou a sumir, meu pai, as árvores, os cisnes, a minha bola...

Um quarto branco, dor..vozes e um bip chato do monitor que mostrava meus batimentos cardíacos... dor uma enfermeira, Nina, Dona Raquel, Sr. Mathias acariciando minha cabeça.

- Que merda! Era apenas um sonho.

- Ele acordou. – Falou Sr. Mathias.

Nina veio correndo me abraçar e me encher de beijo, eu me contraí de dor.

- Eu estou vivo?

- Claro que está meu amor, que susto você nos deu. – Nina respondeu enquanto acariciava meu rosto.

- Obrigado, garoto, você foi muito valente, mas foi um idiota. – Falou Sr.

Mathias.

- Obrigado por me lembrar. – Respondi sorrindo.

Dona Raquel ainda não tinha falado uma palavra e estava de pé me olhando com os olhos gelados de sempre, não demonstrava afeto algum, ou se quer algum tipo de preocupação por um filho que quase perdeu.

 -Oi, Dona Raquel.

- Oi. - Ela respondeu sem sair do lugar. – Como está se sentindo?

- Estou com muita dor.

- Você é forte, vai se recuperar logo. – Falou o iceberg.

Melhor que ela tivesse me dado outro golpe de chave de fenda, só que desta vez no coração.

- Vou. - Respondi triste, lembrando do meu pai e no pouco tempo de felicidade que acabara de ter.

- Quanto tempo eu estou aqui?

- Desde ontem – Nina respondeu – O médico falou que foi um milagre você não ter morrido, o golpe foi profundo, mas não pegou nenhum órgão importante.

- Um milagre? – Perguntei já meio incrédulo.

- Isso mesmo, meu rapaz, um milagre, agradeça a Deus essa segunda chance. – Falou Sr. Mathias incisivo.

- Um milagre seria eu ter morrido, mas se isso é coisa de Deus, só prova que ele mais uma vez está brincando comigo. – Todos ficaram em silêncio com o meu comentário o que me deixou meio encabulado, mas em seguida Sr. Mathias deu uma grande gargalhada e o gelo foi quebrado.

- Você fala muita besteira, meu rapaz. – Falou Sr. Mathias nem um pouco parecendo com o velho moribundo que eu salvara a um dia atrás.

- Vejo que já está melhor, não preciso ficar aqui ouvindo suas merdas, preciso voltar ao trabalho, já perdi um dia de trabalho por causa das suas irresponsabilidades, a noite eu volto aqui. – Rasgou minha mãe.

Agora sim, essa era a Dona Raquel que eu conhecia, fria e implacável.

- Obrigado por ter vindo, senhora. – Falei enquanto minha mãe pegava

sua bolsa e saía.

- Não liga para ela, Árthur, sua mãe é louca. – Falou Nina, voltando a me beijar.

Disso eu tinha certeza.

- Obrigado por estarem aqui comigo. – Falei sentindo meu coração doer.

Recebi alta no dia seguinte, minha mãe foi me buscar e fomos calados até em casa, saí com dificuldade do carro, ela não me ajudou, entramos em casa e fui direto para o sofá, me deitei e liguei a TV, queria ver um desenho, estava passando Dragon Ball Z, um desenho que eu adorava, em poucos minutos eu adormeci.

- Árthur, acorda.

Acordei com minha mãe chamando, eu tinha dormido feito uma pedra e pelo que senti da gola da minha camisa úmida devo ter suado bastante e até babado.

- Fiz uma sopa.

Calma, que acho que voltei a sonhar.

- Obrigado – Sentei-me com dificuldade no sofá e peguei o prato de sopa, juro que por um segundo pensei se aquela sopa não estaria envenenada.

Estava morrendo de fome e devorei aquele prato de sopa em pouco tempo, minha mãe não saiu na noitada aquela semana, sempre chegava do trabalho cedo. Nos vimos todos os dias.

Ela estava sempre triste pelos cantos, mas fez comida para nós a semana toda, um dia trouxe até um sorvete para comermos de sobremesa, chegamos até ensaiar uma conversa, mas acabamos discutindo.

Seu Pedro veio todos os dias trocar meu curativo a pedido do Sr. Mathias. Em uma destas vezes vi Sr. Mathias pagando para o farmacêutico do próprio bolso. Bem que ele podia ser meu avô de verdade. A Nina veio duas vezes naquela semana para me ver, com certeza escondida dos pais, alguns amigos também vieram, sempre queriam ouvir a história de como eu apanhei de dois caras, e riam muito de mim, até o Sandro passou por lá. Claro que em um horário que ele sabia que a minha mãe não estava.

- Sai logo dessa cama que tenho umas paradas para gente. – Ele falou piscando o olho.

Não respondi, sabia que algo bom não era e preferi nem pensar naquilo. Pelo menos não agora.

O PESADELO VOLTOU

Aquele mês de recuperação foi um mês bom, imaginei até que poderia ser feliz, tinha amigos ao meu lado, não briguei com minha mãe, tinha tudo na cama, estava ficando mal-acostumado.

Eu já podia me levantar e conseguia fazer algumas coisas sozinho, como lavar uma louça, prepara uma comida, brincar com o Max e até ir comprar minha maconha sem precisar pedir para algum dos meus amigos. Minha mãe também sabia que eu já estava bem recuperado, pois certa noite ela não veio pra casa, eu já estava acostumado com a presença de mais alguém naquele museu e por mais que eu tentasse dormir não conseguia, mesmo fumando três cigarros de maconha o que antes me derrubava, agora parecia não surtir efeito algum.

Eu estava no sofá naquela madrugada de sexta-feira vendo alguns filmes pornô quando ouvi um barulho de carro na minha porta, corri até a janela para bisbilhotar e vi minha mãe completamente bêbada saindo de um Honda Civic.

Pelo menos ela escolhia bem a quem dar.

Um homem de aproximadamente quarenta e cinco anos desceu do carro e segurou minha mãe, ela se encostou no carro e ele começou a beijá-la enquanto colocava a mão por baixo de sua blusa. Aquilo foi o suficiente para meus olhares, resolvi voltar para o sofá, mas antes fechei o site pornô que ainda estava aberto em minha página principal da web com uma bunda enorme tomando toda a tela.

Após alguns segundos, minha mãe entrou tentando não parecer tão bêbada, acendeu a luz e me viu no sofá, seu semblante mudou na mesma hora. Ela tinha voltado a beber depois de quase um mês sem tocar em uma gota de álcool, ela voltou ao seu maldito vício.

- Oi – Ela falou sem olhar nos meus olhos e tentando tirar os saltos.

- Oi – Respondi decepcionado.

- Por que ainda está acordado a essa hora?

- Não consegui dormir.

- Está sentindo dor?

- Não – Respondi agora com uma raiva absurda que fazia meu ferimento pulsar – Onde você estava?

-O que? – Ela falou desta vez olhando bem no fundo dos meus olhos.- Onde você estava até essa hora, eu esperei a noite toda e você nem sequer deu um telefonema. – Disse aumentando o tom de voz.

- Eu não devo satisfação a você, moleque. – Ela falou virando as costas e

indo em direção ao seu quarto.

- VOCÊ É MINHA MÃE! – Gritei.

- Sou – Ela respondeu virando-se mais uma vez para mim – Mas preferia

não ser.

- Eu também preferia não ser seu filho – Falei entre lágrimas.

Parece que ultimamente as lágrimas eram algo recorrente em meus olhos.

- Eu preferia nunca ter nascido, preferia nunca ter conhecido você, eu te odeio. - Falei sentindo uma imensa dor em meu peito.

- Pois é Árthur, infelizmente cometemos erros na vida e o meu maior erro foi você.

Aquela frase me devastou, tive vontade de pegar uma faca e arrancar o coração daquela mulher.

Minha mãe foi cambaleando para seu quarto, mas antes que ela pudesse entrar e fechar a porta eu falei algo que com certeza me arrependi um segundo depois.

- SUA VADIA!

Ela virou-se tão rapidamente que parecia que o efeito do álcool tinha passado e em seguida atirou um dos seus saltos em minha cabeça fazendo com que eu visse estrelas e agora era eu quem cambaleava.

- Repete o que você falou, seu moleque desgraçado – Ela falou vindo em minha direção em uma linha tão reta e segura que passaria no teste de embriaguez sem pestanejar.

- Eu vi você se agarrando com um cara aí fora – Falei já em um tom mais baixo e me afastando, e quando passei a mão em minha cabeça senti os dedos molhados do que deduzir ser um pouco de sangue.

- Eu faço da minha vida o que eu quiser, o seu maldito pai já morreu, e eu estou viva, sou uma mulher livre dele e de você - Ela segurou em minha mandíbula com uma força de um urso, eu já quase não sentia a dor do ferimento nas costas – Agora me chame disto novamente e será a última coisa que irá falar – Com essas palavras ela me deu um tapa no rosto que senti um forte gosto de sangue na boca e em seguida virou as costas para mim.

- E não esqueça, você já tem quase dezoito anos e essa casa já está ficando pequena demais para nós dois.

Ela entrou em seu quarto e bateu a porta atrás de si tão forte que imaginei que tinha quebrado, naquele momento parecia que o mundo tinha se fechado sobre mim, eu fiquei ali parado por vários minutos sem saber como agir, era como se eu estivesse totalmente perdido e sem lugar no universo. Arrastei-me até o meu quarto como se fosse um trapo, fui até a janela e olhei para o céu.

- Você ganhou, cara – Disse acusando Deus mais uma vez – Você sempre ganha, é um tirano, um ditador, somos todos manipulados por você, essa guerra tem apenas um lado. O seu.

Eu devia estar pirando, estava falando com o vazio, acusando e apontando para o céu que se realmente existisse não estava nem aí para mim.

- São suas regras – Continuei – Suas malditas regras... está feliz agora?

Minha bosta de vida é isso, quando vai parar de me atormentar?

Andei de um lado a outro do quarto feito um felino preso em uma peque- na jaula, procurei por minha maconha, mas tinha acabado, o que me deixou ainda mais irritado, chutei a gaveta quase quebrada do meu guarda-roupas o que fez com que se partisse ao meio. Então, me sentei no chão e chorei mais uma vez, eu senti uma dor e ao mesmo tempo uma raiva gigante crescendo dentro de mim.

- Eu odeio todos vocês, odeio essa mulher, odeio o mundo... e odeio esse Deus mudo. – Resmunguei para mim mesmo.

Eu estava com muita raiva de tudo e de todos, queria esquecer da droga da minha vida e morrer, queria qualquer coisa que me fizesse um pouco feliz. Então, me levantei, peguei minha mochila e coloquei algumas roupas e pertences pessoais.

Nesse momento eu tive certeza de que era um verdadeiro idiota.

Peguei minhas coisas e resolvi deixar aquela casa, iria deixar para traz aquela vida, aquela casa e aquela mulher que um dia chamei de mãe, iria re- começar, eu tinha que fazer alguma coisa com a minha vida, não sabia ainda o que, mas não podia permanecer vivendo daquele jeito. Ia pedir demissão da merda do meu emprego, iria morar na casa de algum amigo, ou chamar a Nina e fugir com ela, precisava recomeçar.

Mas eu pensei, quem daria um emprego para um sem-teto, qual amigo iria abrir as portas para mim a não ser para eu me afundar nas drogas, e como a Nina iria fugir comigo para viver embaixo de um viaduto.

Saí de casa sem que a minha mãe ouvisse, eu ia para o mais longe que pudesse. No fundo eu queria que ela ficasse preocupada, que ela sofresse por mim.

Conhecendo a minha mãe como eu conheço com certeza isso não iria acontecer.

Era madrugada e saí de casa deixando a porta aberta, queria que entrasse algum marginal e roubasse tudo ali.

Menos o meu vídeo game.

Quem sabe não dariam uma surra nela assim como fizeram comigo. Andei sem rumo aquela noite, estava frio e começava a garoar, eu estava agasalhado, mas aquela chuva fina já começava a incomodar. Bem que eu deveria ter deixado para fugir quando o dia tivesse amanhecido, senti falta da minha cama e olha que não fazia nem duas horas que eu tinha saído de casa. As ruas estavam desertas e de vez em quando passava um carro. Eu não fiquei com medo de ser roubado ou morto, a minha raiva e tristeza tinham abafado todos os outros sentimentos e sensações. Eu tinha uma grana escondida na cueca caso precisasse comer ou de uma emergência, eu iria me virar, sabia que tinha uns abrigos no centro e resolvi ir até lá.

Andei por mais uma hora e já estava caindo de cansado. Tenho que parar com a maconha.

Não passava um bendito ônibus para o centro, já eram quatro horas da manhã e eu não estava nem perto de chegar ao meu destino, também não iria adiantar, os abrigos liberavam as pessoas logo cedo e só abriam novamente a noite. Eu tinha que arranjar um lugar para me deitar e cochilar um pouco, meu ferimento começara a latejar e as pernas doíam, eu tinha esquecido-se de trazer os remédios para dor e inflamação.

- Seu idiota.

Avistei uma fogueira um pouco distante embaixo de um viaduto e resolvi ir até lá, meus pés já estavam começando a doer e os calos deviam estar chegando.

Andei mais uns quinhentos metros até chegar perto do viaduto, eu tinha que tomar cuidado, não queria ser esfaqueado, assaltado ou estuprado enquanto dormia. Observei o ambiente e apenas um velho estava se esquentando na fogueira de entulhos que ele mesmo devia ter acendido. Fui até lá com um pouco de receio, me aproximei do velho observando ao redor, estudando o ambiente, eu estava de capuz e ninguém me conhecia também, então ele tinha cinquenta por cento de chance de ser um assassino, e eu também.

- Olá. – falei desconfiado.

O velho estava esquentando as mãos na fogueira, era um senhor de mais ou menos setenta anos, cabelo grisalho e barba longa da cor do cabelo, estava com um cobertor colorido cobrindo as costas.

- Noite, meu jovem. – Respondeu abrindo um sorriso sofrido, o que pude perceber que quase não tinha dentes na parte frontal de sua boca.

- Posso me esquentar um pouco? – Perguntei ainda olhando para ver se não sairia algum maluco de trás daqueles entulhos para me degolar, roubar e em seguida jogar meu corpo dentro daquele rio imundo logo ao lado.

- Se aprochegue, rapaz. –Ele falou me chamando com um gesto de mão e um sotaque que não pude identificar. Não pensei duas vezes e já agachei próximo a fogueira, o frio estava de matar e meus ossos doíam, o velho estava senta- do em um papelão e me entregou outra folha para que eu também me sentasse.

- Pegue minino, é mió sentá cum isso, assim num dêxa a friagi passá pro corpo.

Eu peguei o papelão e me sentei ao lado do velho, ele tinha um sotaque engraçado, parecia ser do Nordeste ou de Minas Gerais, mas não perguntei, também tinha um sorriso que não desmanchava nunca de seu rosto.

- O senhor está sozinho aqui? –perguntei tentando ser simpático e agra- decido pelo acolhimento daquele senhor.

- Opa. – Falou de imediato. - Tô cum Deus meu fio, nosso sinhô Jesus Cristo me faz cumpania. – Ele respondeu sorrindo.

Como pode esse velho desgraçado estar feliz e conformado com aquela vida miserável, morando no lixo e ainda agradecer a um Deus falso.

- O senhor tem família? – Continuei já um pouco irritado com aquela conversa e querendo mandar aquele velho fedorento para o inferno. Era uma ousadia o sorriso desenhado em sua face desgastada.

- Minha famía é o mundo meu fio, esse mundão bom de meu Deus.

Eu queria bater naquele velho idiota.

- Aqui está bem quentinho. – Falei entre dentes disfarçando a irritação.

- E ocê ta pirdido? – Ele me perguntou sem me olhar.

- Faz tempo. – Respondi triste.

- Confie nim Deus minino ele faz o que há de mió pra nóis.

- Como o senhor pode falar tanto de Deus, olha a vida que o senhor tem – Falei sem conseguir me conter. – O senhor não tem nada, mora em- baixo de um viaduto, usa papelão como cama, deve estar com fome, está sozinho esquecido da sociedade e ainda assim o senhor agradece a Deus.

–A essa altura eu quase gritava.

O velho me olhou no fundo dos meus olhos e sorriu, ele tinha olhos cansados, mas bonitos, um rosto marcado pelo tempo, uma pele suja que imagino um dia ter sido branca.

- Eu tenho paz minino e isso me basta. - Ele me respondeu abrindo mais uma vez aquele sorriso com poucos dentes.

Eu fiquei calado, aquelas palavras tinham me humilhado o suficiente para não conseguir prosseguir com a conversa. Pelo visto o miserável ali era eu.

O velho levantou-se assobiando uma canção que logo identifiquei como sendo "O menino da Porteira". Uma canção sertaneja dos anos cinquenta. Ele foi até uma pequena barraca feita por pedaços de madeiras e uma lona velha, em seguida voltou com algumas latas de palmito e almôndegas.

- Ta cum fome minino? – Ele me perguntou.

Eu já estava ficando irritado por ele me chamar daquela forma, eu já era quase um homem e ele me chamava de minino, e ainda com aquele sotaque horrível. O que eu estava fazendo da minha vida? Essa pergunta martelou mi- nha cabeça naquele momento. Eu era um adolescente problemático e agora eu tinha feito uma das maiores burradas da minha vida, fugir de casa, isso iria somar a droga da minha biografia. E ali estava eu, embaixo de um viaduto em uma madrugada fria dividindo comida com um maldito mendigo protestante.

- Estou sim – Respondi, e realmente estava, minha barriga já vinha roncando há algum tempo, mas não sei se teria coragem de comer aquilo.

- Pegue aqui – Falou me entregando duas latas. Eu fiquei meio receoso em pegar e parece que ele tinha lido minha mente, pois em seguida me encorajou a pegar os enlatados.

- Pegue minino, tá tudo limpinho e em dia, ta vencido não. O dono daquele buteco acolá dexa eu lavá minhas coisinhas lá. –

Ele apontou para um bar do outro lado da avenida. – Garanto que tá tudo limpinho, o home do mercado dá pra eu uma coisa às vez, pode olhar a validade aí.

Eu de fato olhei e as latas estavam limpas e na validade e eu estava mor- rendo de fome, então não iria ficar fazendo cerimônia e nem desfazer da boa vontade do velho caipira. Mal não podia fazer, quem sabe uma diarreia, mas nada além disso, eu tinha um estômago de avestruz, então não era aqueles enlatados que iriam me matar.

- Obrigado. –Respondi.

- Venha cá, vou te ensinar como fazer.

O velho pegou uma grelha de metal e colocou as latas sobre ela, em seguida levou ao fogo.

O Velho rabugento até que era esperto.

Coloquei minhas duas latas sobre a grelha e aguardamos esquentar, conversamos um bocado, falamos da droga da vida, de filmes antigos, de cachaça e drogas, o velho até que era gente boa e era um homem sábio também, a vida o moldou assim, me deu alguns conselhos e até rimos de algumas piadas e cantamos juntos uma música do Raul Seixas.

- Já ta bom. - Ele levantou e tirou a grelha do fogo.

As latas estavam pretas e não tinha nem sinal dos rótulos, esperamos esfriar, não teríamos problemas em abrir as latas, porque já vinham com uma alça que só precisava puxar, e eu não precisaria comer com os dedos já que o velho nos trouxe talheres descartáveis ainda na embalagem plástica. Comemos e conversamos até ver os primeiros raios de sol apontar sobre as árvores. Eu estava cansado, mas feliz por ter encontrado aquele homem e não ter ficado sozinho aquela noite, estava feliz por ter feito companhia para ele também.

- O dia ta abrindo minino. – Ele falou segurando meu ombro e sorrindo.

- É... Está sim, mais um dia.

- Graças a Deus pai há,há,há.- Falou gargalhando em seguida.

Desta vez eu também ri, era impossível não ser contagiado com aquele sorriso gostoso.

- Volte pra casa meu rapaz, esse mundaréu aqui fora num é procê não. —O velho falou em um tom mais sério desta vez. — Tem muita coisa ruim aqui fora, muita gente má, você me entende?

-Sim- respondi.

- Deixe isso aqui pra esse velho cansado, você ainda é novo, tá na flô da idade, tem muito o qui vivê.

- Posso vir visitá-lo? Queria que a Nina e o Sr. Mathias o conhecessem.

- Eu num paro num lugar fiu, toda hora tô mim mudando, esse mundo é grande demais sô, e eu ixploro todo dia um cantinho diferente.

Eu tinha entendido perfeitamente. Ele não queria ser incomodado. Essa era sua vida.

Essa era sua vida feliz.

- Obrigado pela comida, pela fogueira, mas acima de tudo, obrigado pela companhia e a boa conversa.

- Disponha rapaz, quem sabe nois num se encontra nesse mundo veio né mermo? — Ele falou recolhendo alguns pertences espalhados pelo chão.

- Quem sabe? — Respondi meio desapontado.

- Vá pra casa e seja um menino bom com a sua mãe minino.

Sorri imaginando o quanto aquilo seria impossível.

- Posso te dar um abraço? — Perguntei.

- Se num se importar de abraçá um velho fedorento. — Ele falou abrindoos braços.

- De jeito nenhum. – Respondi dando um abraço apertado no velho sábio.

Peguei minha mochila e fui embora, olhei para trás e acenei para ele que me retribuiu com um aceno e um sorriso escancarado em sua face. Eu estava com o coração doendo por ter deixado aquele velho sozinho e indefeso ali, mas cada um tinha um destino traçado e aquele era o dele, assim como eu tinha o meu, o problema era que eu ainda não sabia qual era.

Então resolvi seguir o conselho do velho e voltei para casa.

O ASSÉDIO

Voltei para casa, mas não precisei andar tanto, já tinha ônibus passando àquela hora. Peguei um ônibus, o metrô e depois mais um ônibus.

Cheguei em casa com o dia já claro. As ruas já estavam movimentadas, as pessoas saíam para ir trabalhar e a garotada para as escolas. Sr. Mathias estava varrendo seu quintal e eu não o cumprimentei, não estava com saco de ouvir conselhos àquela hora da manhã. Entrei em casa e ouvi o chuveiro ligado, minha mãe estava se preparando para ir trabalhar, fui para meu quarto, larguei a mochila ao lado a cama e me deitei.

Tinha passado a noite fora e poderia ter sido morto e minha mãe não tinha nem percebido, sorri de mim mesmo, do quanto eu não era importante para ninguém. Estava pensativo quando minha mãe bateu na porta do meu quarto, me assustei, tirei o tênis e a camiseta para fingir que tinha acabado de acordar, abri a porta e ela ainda estava de roupão.

- Fiz café, não esquece de comer.

- Ok. –Respondi surpreso.

- Ah... outra coisa – ela continuou – Tenho uma amiga que é gerente em uma empresa de tecnologia que testa jogos de vídeo games e ela havia comentado comigo que estavam contratando menores, vou te indicar já que você não gosta do seu trabalho, você precisa manter a cabeça ocupada e acredito que isso você vai gostar.

- Obrigado – foi a única coisa que consegui falar, eu não queria favor nenhum dela, mas eu precisava de um emprego novo, e por que não, afinal ela nunca fez nada por mim e um trabalho em que eu passaria o dia jogando vídeo game era o sonho de qualquer garoto da minha idade. Eu iria fazer o que gosto e ainda ganhar por isso.

- Ok, então, tchau. – Falou ela ainda parecendo decepcionada comigo.

- Tchau. – Respondi fechando a porta do quarto e me deitando de volta em minha cama.

Dormi a manhã toda, estava muito cansado e não me levantei nem para tomar café. Logo a minha licença no trabalho iria acabar e esse emprego veio na hora certa. Quando acordei estava sentindo muita dor nas costas e na barriga, eu não comia uma refeição descente há horas e minha barriga estava colando nas costas.

Por isso não conseguia engordar nem um grama.

Levantei-me e fui ao banheiro, tomei um banho demorado e depois fui atacar a geladeira, comi até a barriga ficar doendo, mas desta vez por estar cheia. Não parava de pensar no velho sozinho embaixo do viaduto e o quanto ele levava a vida na boa, vai ver ele estava ali por ter tido uma família igual a minha. Sorri ao lembrar da felicidade do velho e perceber que passei uma noite inteira conversando, rindo e até comendo junto com ele e nem sequer lembrei de perguntar seu nome.

Voltei ao meu quarto e arrumei a bagunça, a gaveta não tinha mais jeito, arrumei a casa também e fiz almoço, estava fingindo ser uma pessoa normal com uma família normal como outra qualquer.

Peguei uma grana e sai para comprar um pouco de maconha. Eu não era de gastar muito, então sempre tinha um dinheiro comigo, meu dinheiro ia basicamente para os jogos do meu vídeo game e para minha maconha, e claro para as baladas de vez em quando, afinal eu tinha que representar quando saía com a Nina. Não costumava ajudar em nada em casa, a minha mãe tinha a grana dela e ainda a pensão do meu pai e nós não pagávamos aluguel, então dava para viver de boa.

Peguei minha bike e fui até um lugar onde comprava a minha maconha, eu não era um viciado, sabia que podia parar quando quisesse.

Nem eu acreditava nisto.

Porém, a maconha era apenas para manter meu estado de espírito equilibrado...E claro, para não matar a minha mãe.

Comprei minha maconha na casa de um camarada que me foi apresenta- do pelo Sandro, a galera toda da região ia ali atrás de drogas, não sei como a polícia nunca achou aquele lugar.

Ou talvez fizessem vista grossa.

Era uma casa comum em uma vizinhança pobre que preferiam fingir não estar vendo o que acontecia. Crianças brincavam na porta daquele lugar e quando virassem adolescentes a maioria iriam continuar perpetuando aquele tráfico.

Esse era o sintoma natural da nossa sociedade.

Saí dali e resolvi pedalar até o shopping próximo, mas não ia lá por acaso, a Nina trabalhava em uma de suas lojas e de vez em quando eu passava para vê-la ou para almoçar com ela. Deixei a minha magrela no estacionamento presa por um cadeado e fui até a loja que ela trabalhava, andei um pouco pelo shopping olhando algumas vitrines, vi uns tênis da Nike que eu adoraria comprar, mas não tinha aquela grana toda, quem sabe com o trampo que minha mãe iria me arranjar não daria para pegar um daqueles qualquer dia.

Continuei andando e passei por um estúdio de tatuagem, eu não tinha tatuagem, mas estava namorando uma fazia tempo, queria fazer uma asa de anjo em minhas costas e depois uma que cobrisse todo o braço com vários desenhos, um tribal, uma pirâmide, um olho sei lá, via essas tatuagens por aí e achava legal, mas não podia arriscar fazer uma enquanto estivesse morando na casa da minha mãe, ela arrancaria meu braço e o coro das minhas costas com uma faca. Ela sempre falava que tatuagem era coisa de marginal.

Bom, deixaria para uma outra hora essa história de tatuagem, com certeza eu iria gastar tanto ou mais que o tênis para fazer as que eu queria.

Antes de ir falar com a Nina, eu resolvi tomar uma cerveja em uma choperia que ficava em um quiosque no centro da praça de alimentação, o cara que atendia se quer olhou na minha cara e com isso me vendeu sem perguntar minha idade, aliás, isso não funciona muito bem aqui no Brasil, eu sempre comprava bebidas e cigarros sem nenhum empecilho. Bebi dois grandes copos de chopes. Quando terminei fui ao banheiro, claro, não tinha como beber um chope sem depois da uma boa e longa mijada.

Fui ao banheiro que aliás estava fedendo a urina, por ainda ser tão cedo mostrava que os funcionários da limpeza não estavam fazendo sua tarefa direito, fui esvaziar a bexiga no mictório, alguns garotos estavam saindo do banheiro e um homem que aparentava cinquenta anos entrou e foi mijar, ele resolveu usar o mictório ao meu lado, eu tinha a mania de mijar e olhar no celular ao mesmo tempo.

Na verdade, eu tinha mania de olhar no celular a todo o momento.

Estava distraído quando senti a mão do homem do meu lado pegando no meu pinto.

Eu dei um pulo e acabei derrubando meu celular no mictório e mijando nos próprios pés.

- VOCÊ TA LOUCO, SEU VELHO BICHA. – Gritei enquanto fechava meu zíper e pegava meu celular sujo de mijo.

- Você não quer brincar um pouco. – Ele falou nervoso.

Naquele momento senti meu rosto esquentar e meu coração acelerar a ponto de doer em meu peito. Avancei em direção ao homem e o esmurrei no meio da cara, ele cambaleou e se apoiou na pia, quando virou de volta para mim sua boca estava lavada por sangue que escorria do nariz já mostrando sinais de inchaço.

Com certeza eu tinha quebrado seu nariz.

- Desculpa garoto não fiz por mal, eu sou... eu sou doente. – Falou com dificuldade.

Aquelas palavras me deram mais raiva ainda, odiava pessoas que procuravam uma justificativa para seus erros, seja por doença, por família ou religião, o certo era que não passavam de pessoas fracas e dependentes de seus vícios. Eu fui até o homem e chutei seu saco com tanta força que quase senti pena dele quando caiu no chão gemendo de dor e segurando as bolas, em seguida eu peguei a carteira de seu bolso da calça e para minha sorte tinha trezentos reais que logo peguei para mim.

Vasculhei um pouco mais sua carteira e vi apenas documentos, cartões e uma foto dele com uma mulher e duas crianças que deduzi serem suas filhas. O desgraçado era casado. Cuspi em sua cara com nojo, o homem chorava e pedia desculpa. Sua cara era uma mistura de sangue, lágrimas e catarro, eu tive vontade de vomitar. Fui até a pia e lavei as mãos, passei a mão úmida em meu celular para tirar o cheiro do mijo, conferir se estava funcionando e sai dali deixando o maníaco pedófilo tentando se levantar com dificuldade. Eu vi uma aliança em seu dedo o que comprovava que ele realmente era casado, imagino que aquela não foi a primeira vez que ele fez aquilo. Queria saber qual era a desculpa que ele daria em casa quando chegasse com a cara arrebentada.

Tentei me recompor quando sai do banheiro, arrumei os cabelos com as pontas dos dedos e fui até a loja que a Nina trabalhava.

Ao menos agora eu tinha mais uma grana para começar minha tatoo.

Quando cheguei na loja procurei pela Nina, mas não a vi, então sua amiga me falou que ela não tinha ido trabalhar naquele dia, fiquei preocupado e perguntei se ela sabia o porquê, mas ela me falou que não.

Eu poderia perguntar para a gerente da loja, mas ela me odiava, já tinha me expulsado da loja outras vezes.

- Que merda. – Eu tinha dado a viagem perdida, tinha vindo até o shopping apenas para ser assediado. Peguei minha bike e fui embora, enquanto pedalava tentava imaginar por que a Nina não tinha ido ao trabalho. Será que estava doente, ou tinha acontecido algo pior, e por que ela não tinha me ligado ou mandado um zap? Eu não podia ir à casa dela, porque seus pais me odiavam.

Parecia que o mundo me odiava. E o céu também.

Quando cheguei em casa fui para o quintal e me deitei na grama já esperando o Max se deitar ao meu lado, porém não antes de lambuzar meu rosto de saliva. O Max era o que melhor se aproximava de uma família para mim, eu não me sentia completamente sozinho quando estava com ele. Fiz carinho em sua barriga o que ele adorava. Liguei para a Nina, mas seu telefone estava na caixa postal, tentei outras vinte vezes e nada, mandei algumas mensagens pelo zap e ela não visualizou, aquilo começou a me preocupar, eu ia ter que ir até sua casa, tinha que saber o que estava acontecendo nem que eu tivesse que passar por cima de seus pais.

Fui para dentro de casa e preparei dois sanduiches, um para mim e o outro para o Max, a bruxa da minha mãe que preparasse o dela. Depois de comer fui até meu quarto e fiquei fuçando um pouco pela web, entrei "sem querer" em alguns sites pornôs, passei ali cerca de uma hora, tempo o suficiente para cansar meus olhos e minha mão.

O HOMEM DIABO

Era por volta das dezoito horas e resolvi ir à casa da Nina já que ela não tinha respondido as minhas mensagens e nem atendido as minhas ligações durante todo o dia, mas não podia ir de qualquer jeito à casa dela já que seus pais me odiavam e não queriam me ver nem pintado de ouro.

Embora eu achasse que todo mundo tem seu preço.

Tomei um banho e coloquei a melhor roupa que eu tinha, uma camisa azul clara, uma calça social e um sapato marrom combinando com o cinto, passei um quilo de gel nos cabelos e penteei para trás, peguei o perfume da minha mãe e tomei um segundo banho com ele, fui até o espelho e me olhei.

Não era eu.

E seria ótimo que os pais da Nina tivessem a mesma visão. Apenas a cicatrizes na minha testa não dava para cobrir, mas já estava de bom tamanho. Peguei os trezentos reais que tinha roubado do tarado no banheiro do shopping, afinal não podia chegar lá de mãos abanando, ia comprar uma caixa de chocolates e levaria para minha gata.

A essa altura a minha mãe ainda não tinha chegado. Devia estar com algum cara por aí.

Pensei em ir de bicicleta, mas eu ia chegar todo amassado e fedorento, então resolvi pegar um ônibus. Quando cheguei na rua da casa da Nina fui a uma floricultura que tinha perto de uma banca de jornal na esquina, estava quase fechando, sorte que eu cheguei a tempo.

- Olá.

- Boa noite – A atendente respondeu com um sorriso de orelha a orelha.

- Eu gostaria de uma coisa legal para dar a uma pessoa importante.

- Espero que essa pessoa seja sua mãe – Falou ela com um olhar tímido e provocante.

Fiquei constrangido com a cantada nada discreta da garota, ela era tão bonita ou até mais do que a Nina e eu não pensaria duas vezes em ter um lance com ela...Nada sério claro, levando em conta que a Nina é a mulher da minha vida.

- Sim...é para minha mãe. – Menti enquanto sentia meu rosto ruborescer. A garota me mostrou vários presentes legais que eu podia dar à minha "suposta" mãe, desde ursinhos a chocolates e flores, resolvi então por uma rosa vermelha e uma caixa de bombom e claro um cartão de amor que nada indica- va que era para uma mãe, a não ser que fosse o pai que estivesse entregando. A garota parecia se divertir ao me ver tão indefeso e confuso com aquela situação, por fim paguei e pedi para embrulhar os chocolates.

- Tchau. – Falei sem graça – E obrigado por me ajudar a decidir.

- Imagina. – Ela respondeu – Foi um grande prazer atendê-lo... e caso a sua mãe não goste do presente... Com certeza eu vou gostar. – Ela finalizou a frase com uma piscadela nada discreta.

Eu não respondi nada, apenas sorri e fui embora.

- Idiota. – Bati em minha cabeça. - Como pude deixar passar uma gata dessas. – Falei baixinho apenas para meus botões.

Eu sabia que era bonito e sempre as pessoas davam em cima de mim, tanto as garotas quanto os garotos, e eu não era nada santo, já tinha ficado com muitas meninas e sempre levei as cantadas dos garotos na esportiva, só não permitia que avançassem o sinal igual o tarado do banheiro. Talvez algum dia eu passasse naquela floricultura e chamasse a garota para tomar uma cerveja.

Claro que a Nina não precisava saber.

Cheguei em frente à casa da Nina. Era uma casa grande com muros baixos e bem iluminada, ela vivia com os pais, três irmãos mais novos e a avó, era o que chamamos de uma família, algo que eu nunca tive.

Apertei a campainha e olhei meu reflexo no visor do celular para saber se meu cabelo ainda estava no lugar, passei a língua sobre os dentes para que minha boca não travasse na hora de falar com seus pais. Minhas pernas tremiam mais do que vara verde e meu coração pulava feito um coelho com epilepsia. Era quase sete da noite e eles deviam estar jantando. Apertei mais uma vez a campainha e desta vez ouvi passos vindo em direção a porta.

-Ai Deus, tomara que seja a Nina. – Falei baixinho. Lá estava eu em meu desespero invocando o mito novamente, o medo faz a gente fazer e dizer coisas que vão até contra os nossos princípios, mas a verdade é que dentro de mim eu queria que Deus existisse e me ajudasse naquela hora.

Naquela e em todas as outras.

Deus não me ajudou! A porta se abriu e na minha frente apareceu um

baita negrão de quase dois metros de altura.

Era o maldito pai da Nina.

- Bo...Boa...Noite senhor. – Falei quase desmaiando.

- O que você quer? – Falou ele espumando pela boca feito um cão raivoso.

As roupas e o gel no cabelo pareciam não ter surtido efeito e os olhos do homem para mim pareciam os olhos do diabo que está a ponto de devorar uma alma pecadora como na obra "O último julgamento" de Fra Angelico, e o pior de tudo é que essa alma pecadora era eu. Engoli com dificuldade um resquício de saliva que estava perdida em minha garganta e arrisquei pronunciar algumas palavras.

- Eu...eu sou amigo da Nina... e queria saber... se... se ela estava bem. – Por fim consegui terminar a frase.

- Eu sei bem quem você é, seu marginalzinho. – Falou entredentes enquanto eu ficava mais branco do que o que já era. - Vou te dar um aviso mole- que, mantenha esse pinto branco bem longe da minha filha se não quiser ficar sem ele.

Como ele sabia?

- Não quero que a veja – Ele continuou sem me dar chance de defesa – E muito menos que fale com ela, minha filha não é da sua laia e não vai acabar grávida ou presa por causa de um tipinho igual você.

O Homem diabo bateu a porta na minha cara ao terminar o seu sermão de pai protetor dos anos oitenta. Eu permaneci ali parado com a boca aberta e imóvel esperando talvez o sangue voltar a correr por minhas veias e a força voltar as minhas pernas, eu estava em transe e só consegui acordar quando senti as rosas e a caixa de chocolate despencarem de minhas mãos.

Uma lágrima arriscou sair, enquanto um nó se formava em minha garganta mais pela raiva do acontecido do que por outro motivo qualquer. Olhei disfarçadamente ao redor para ver se ninguém estava olhando e para meu azar meia dúzia de vizinhos curiosos me observavam com semblante que poderia ser até de pena, mas eu não tinha boa fama na redondeza, então era mais provável que fosse de desprezo e de prazer pela cena que acabaram de assistir.

Eu era orgulhoso e não ia pegar as rosas e nem o chocolate, mas também não ia deixar ali para outra pessoa pegar, então encarei os vizinhos do outro lado da rua e pisei com toda a força que tinha naquele momento fazendo as rosas se despedaçarem e os chocolates virarem uma lama, então passei as mãos sobre o cabelo fazendo meu penteado voltar ao original, abri um botão da camisa e antes de sair mostrei o dedo do meio para todos eles.

Fui embora como se nada tivesse acontecido, mas a verdade era que eu estava acabado por dentro. Eu realmente gostava da Nina e a ideia de não vê-la novamente me fez sentir uma dor que nunca antes sentira, nem mesmo quando minha mãe me humilhava, aliás isso já não me incomodava tanto.

Após dobrar a esquina me encostei em uma grande porta de uma oficina e fiquei ali respirando fundo, tentando manter o controle para não voltar na casa da Nina e arrebentar a cabeça do pai dela com um taco de beisebol. Eu fiquei ali por um tempo, longe da visão dos vizinhos. Deixei algumas lágrimas escorrerem, enquanto engolia meu ódio como um veneno de uma serpente. Em seguida virei e soquei o portão com toda a força que pude expelir, o barulho foi enorme, fiquei olhando o portão amassado por um minuto entediante e longo, então percebi algumas pessoas olhando pela janela e resolvi voltar para casa antes que chamassem a polícia, não queria terminar aquela noite na delegacia e ter que aguentar o inferno da minha mãe falando nos meus ouvidos, ou os conselhos entediantes do Sr. Mathias.

SANDRO

Já passava das vinte horas e eu apressava os passos para chegar em casa, minha mãe deveria estar uma fera por eu ter sumido, pelos meus cálculos ela já deveria ter chegado há algum tempo, ou estava por aí com algum cara.

Confesso que hoje eu preferia a segunda opção.

Não estava nem um pouco com saco de ouvir os sermões dela, eu estava muito estressado e mandaria ela pra "PQP" se caso ela fosse me encher.

Quando coloquei a chave na fechadura para abrir o portão uma mão segurou firme em meu ombro, senti minha alma saindo pela boca, em fração de segundos milhões de coisas passaram em minha cabeça.

O pai da Nina, um assaltante, a polícia, um fantasma.

Minhas pernas ficaram bambas e tive que me apoiar no muro para não cair. Eu não era molenga e nem medroso, mas acho que o nível de estresse e o assalto na casa do Sr. Mathias me deixou meio cagão.

Quando virei, esperando no mínimo outra facada, me deparei com o meu amigo Sandro que se rachava de rir da minha reação, eu devia estar branco de medo, mas em seguida senti meu rosto esquentar o que era sinal que eu estava ficando vermelho de raiva e vergonha.

- Filho da puta. – Rasguei.

- Tá com medinho, seu viadinho? háháhá.

Sandro continuou rindo, enquanto eu me recuperava do susto, tive vontade de socá-lo, mas me controlei, uma porque ele era um amigo e outra porque se eu fizesse isso poderia me considerar um homem morto. O Sandro não era flor que se cheirasse e nunca deixava barato uma vingança.

- E aí alemão, como você está?

- Estou de boa, velhinho. – Respondi em voz baixa para que minha mãe não nos ouvisse ou ela surtaria em ver o Sandro em nossa porta. – O que manda? – Continuei.

- Está sumido velho, não aparece mais na quebrada, o que está acontecendo, parou com as drogas – Falou Sandro sendo irônico – Está virando o filhinho da mamãe?

- Ando cheio de problema, minha mãe está enchendo meu saco e agora quer que eu mude de emprego, a Nina sumiu, meu mundo parece ter virado de cabeça para baixo desde o assalto na casa do velho.

- Por isso você tem que colar em mim carinha, tem uns lances bons pra gente descolar uma grana.

- Estou tranquilo por enquanto, quero ficar de boa. – Respondi, na verdade queria mudar de vida estava tudo uma merda e eu não precisava de problemas para me ferrar mais ainda.

- Eu sou seu amigo, moleque – Sandro falou segurando meu pescoço e pressionando contra a parede.

Eu segurei em seu pulso para impedir que ele me enforcasse, tentei imaginar o que poderia fazer caso ele quisesse me machucar, mas a única arma que eu tinha era a minha chave da porta, o que já era muito útil caso eu a cravasse no lugar certo como um olho ou a jugular, mas ainda bem que não precisei chegar a esse ponto, pois logo ele me soltou.

- Eu gosto de você, maluco – Continuou Sandro. – E por isso eu vim aqui para te dar um presente.

Confesso que fiquei surpreso em ouvir aquilo e ao mesmo tempo algo dizia que essa história não ia acabar bem.

- Que presente? – Perguntei mesmo sabendo que poderia me arrepender.

- Tenho uma coisa para você, mas vai ficar me devendo, malandro.

- O que você quer, e qual é o presente?

- Tá curioso não é, bichinha? – O Sandro sempre gostou de desqualificar a sexualidade de todo mundo, no fundo acho que ele também não era tão macho assim, e aquela pompa toda de homem das cavernas escondia um cara sensível.

- Deixa para lá – Falei virando-me para entrar em casa.

- Calma aí, rapaz – Falou me segurando pelo braço. – Você está estranho mesmo, viu. Vamos conversar.

Sandro acendeu um grande cigarro de maconha que mais parecia um charuto e deu algumas tragadas com vontade, logo depois me ofereceu, eu não estava nem um pouco afim, mas seria melhor não recusar, não queria provocá-lo, nos afastamos alguns passos da porta da minha casa, fumamos por um momento, eu estava louco para me livrar dele e preocupado que a louca da minha mãe nos visse.

- Eu tenho os caras que te zoaram! – Ele soltou.

Fiquei confuso por um momento e não sabia o que dizer, mas logo coloquei as ideias no lugar e peguei o cigarro de maconha da mão dele, desta vez fui eu quem deu uma tragada forte.

- De quem você está falando? – Fingi não ter entendido o que ele tinha dito.

-Os carinhas que te zoaram, que roubaram o velho e te furaram.

- Como assim você os tem?

- O pessoal da comunidade fala muito e um passarinho cantou no meu ouvido onde era o barraco que eles moravam.

- E aí? – Perguntei nervoso e irritado, passando a mão sobre a cicatriz quase que curada da perfuração que tinha levado.

- Eu e uns amigos vamos dar um susto neles.

- Do que está falando?

- Calma aí, donzela, não vamos matar os caras, não sou assassino velho, está me estranhando?

Eu sabia que o Sandro já tinha matado antes e não hesitaria em fazer novamente.

- Vamos só dá uma lição naqueles marginais, eles vão aprender a nunca mais zoarw em nossa quebrada.

- E onde eu entro nessa história? – Perguntei também já sabendo a resposta.

-Vou pegar os malandros e vamos levar eles para o armazém abandona- do; e lá vamos entregar eles na tua mão para tu fazer o que quiser...Claro que não garanto te entregar eles totalmente inteiros.

Percebi os olhos do Sandro brilharem com uma maldade que só pessoas com um pé no inferno tinham. Fiquei um pouco assustado em imaginar onde tudo isso poderia parar e preferi não entrar nessa.

Ao menos por enquanto.

- Vou pensar, cara. –Falei tentando ser firme. – Vou ver o que faço e qual- quer coisa eu te procuro.

- Vai arregar agora, viadinho? – Falou Sandro esmagando meu braço mais uma vez com sua mão. – Os caras te ferraram, ferraram o velho e poderiam ter matado alguém, tua mãe, tua mina, qualquer pessoa da vizinhança, são dois filhos da puta e tu quer deixar isso pra lá?

Eu puxei meu braço e em uma das únicas vezes na minha vida tive coragem de encarar o Sandro no fundo dos olhos.

- Eu já falei que vou pensar. – Falei me virando e indo embora, e agora esperava apenas um tiro acertando minha coluna, mas ao invés disso ouvi uma gargalhada.

- Há, há, há, gosto de você irmãozinho, gosto de você.

Sandro se afastou, enquanto procurava outro cigarro de maconha nos bolsos, eu tinha me livrado daquela por um milagre e com certeza iria fumar um também quando me trancasse no meu quarto, quase tinha me borrado de medo e por fim me sai bem.

Quando estava abrindo a porta vi que Sr. Mathias olhava por trás da cortina de sua janela, aquele velho sempre bisbilhotava, fiz um pequeno aceno com a cabeças para ele saber que eu o tinha visto. Ele não acenou de volta.

A QUASE VERDADE

Entrei sorrateiramente para evitar que Dona Raquel escutasse. Fechei a porta tão devagar que mais parecia que eu estava entrando para assaltar minha própria casa. Deixei os tênis largados ali mesmo atrás do sofá e fui direto para meu quarto, entrei o mais rápido que pude para fugir dos olhos dela, mas esse foi meu maior erro, pois não percebi que o Max estava deitado na porta do meu quarto e deu um grito agudo quando pisei nele. Uma cena cômica para quem pudesse assistir, pois eu caí por cima dele, enquanto ele corria e gritava tentando se livrar do peso de ossos sobre si.

Tentei me levantar enquanto me recuperava do susto quando meu coração quase parou ao me deparar com minha mãe parada diante da porta do quarto com um ar de quem iria me esfolar vivo.

- Mãe! – Falei assustado me sentando em minha cama e chamando o Max para meu colo.

- Onde você estava até essa hora? – Falou ríspida.

- Fui à casa da Nina.

- E como me explica o seu amigo traficante na frente da minha casa te esperando.

Merda, merda e muita merda. Ela tinha visto o desgraçado do Sandro.

- Ele queria só me dá um oi. – Foi a única coisa que veio a minha mente aquele momento, mesmo sabendo que isso iria me condenar.

- Você acha que eu sou idiota, moleque imbecil. – Minha mãe deu um passo em minha direção e meu sangue gelou.

- Eu juro que não fiz nada mãe, ele só veio aqui para falar que sabia onde os caras que assaltaram Sr. Mathias moravam.

- E para que? – Falou ela, dando um tapa em minha cabeça. – Você por acaso é da polícia?

Max avançou em minha mãe e eu o segurei a tempo para evitar que a situação piorasse. Dona Raquel ficou furiosa e mandou que eu colocasse o Max para fora, eu não pensei duas vezes e levei meu cachorro para o quintal, para evitar que ele fosse assassinado ou algo parecido.

Quando voltei minha mãe estava com um copo na mão, em seguida abriu a geladeira e pegou uma vodca que já estava pela metade, encheu o copo e começou a beber.

- Já vai beber?

Maldita hora em que abri a boca. Ainda bem que meus reflexos eram ótimos, pois me desviei bem a tempo do copo de bebida que passou zunindo ao lado de minha cabeça e se espatifou em um quadro onde estavam eu, ela e meu pai, a família que nunca foi perfeita, o quadro despencou da parede e se despedaçou no chão, misturando os cacos de vidros com os do copo embebido em vodca.

Quando olhei para ela, vi que estava enchendo outro copo como se o que acabara de fazer fosse a coisa mais comum do mundo, com certeza desta vez eu não iria questionar o fato dela estar bebendo, não iria arriscar que sua pontaria desta vez fosse melhor.

- Você é uma desgraça em minha vida. – Falou ela amargurada, enquanto bebia um grande gole de vodca sem gelo.

- Eu sei. – Respondi, fingindo não me importar.

- Você sempre foi uma desgraça desde antes de eu te colocar no mundo, eu sempre te odiei, maldito garoto.

Eu já sabia daquilo, só não entendia por que aquelas palavras ainda me machucavam tanto.

- Eu sei mãe, você nunca gostou de mim.

- Isso mesmo nunca gostei e nunca vou gostar, você só me deu desgosto.

–Bebeu mais um gole.

- Eu só queria entender por quê. - Questionei enquanto um grande nó se formava em minha garganta e eu tentava me conter para não chorar na frente dela. Eu tinha que parecer forte, não podia ser uma criança mimada, ela não suportava crianças mimadas e muito menos se essa criança fosse eu. Aliás, ela me odiava independente da razão, talvez só pelo fato de eu existir.

- Deixa para lá, vai para o seu quarto.

- Por quê? – Insisti – Por que Dona Raquel? Você sempre me odiou, desde pequeno nunca tive sua atenção, sua proteção, seu abraço. – A essa altura o maldito nó que estava em minha garganta tinha se transformado em uma torrencial chuva de lágrimas que insistia em lavar meus olhos e escorrer pela minha face.

- Não importa, Árthur, vai para seu quarto, amanhã conversamos. – Disse ela tentando fugir do assunto.

- NÃO PORRA! CHEGA COM TUDO ISSO! – Gritei imaginando que levaria um tapa na boca, mas para minha surpresa minha mãe estava estática com minha atitude e aproveitei esse momento para falar o que pensava. – Você nunca gostou de mim e depois que meu pai morreu, eu me tornei invisível nesta casa, me tornei invisível em sua vida, virei um fantasma que só aparecia quando era para ser castigado por alguma merda que eu fiz por não ter tido a sua orientação, por não ter tido uma mãe que me abraçasse, que me ensinasse os caminhos certos.

- Eu tentei. –Falou ela entredentes e olhando o fundo do copo.

- Pois eu tenho uma novidade para você. – Falei sarcástico - Suas tentativas não funcionaram. Você me jogou no mundo e tive que aprender a andar sozinho, aprender com os amigos ou os marginais da rua, porque não tinha em quem me espelhar.

- VOCÊ ESCOLHEU SEU CAMINHO! – Ela gritou.

- NÃO! Você me obrigou a ir por este caminho, você nunca me ensinou nada, nunca me olhou nos olhos, nunca me deu um beijo de boa noite, nem me perguntou como estava na escola, eu sempre tive que decidir sozinho. Você nunca quis saber por que eu chorava sozinho em meu quarto, ou por que cheguei com o olho roxo em casa.

- Eu não tinha tempo, precisava trabalhar para sustentá-lo. - Jogou em minha cara.

- Muito obrigado pelas migalhas de todos estes anos – Falei aplaudindo.

- O que você queria? – Falou agora dando um passo em minha direção

- Que eu te colocasse no colo e te ninasse até dormir? Que fosse te levar na escola ou preparasse seu lanchinho fingindo que éramos uma família perfeita? Ou talvez quando chegava em meu quarto dizendo eu estava com medo de dormir sozinho que eu deixasse que se deitasse com seu corpo imundo em minha cama? NÃO, NÃO E NÃO, eu nunca ia conseguir fazer isso.

A forma que ela falou aquilo me destruiu.

- Eu não tinha pai... – Falei com mais dificuldade do que imaginei, pois a dor e as lágrimas me atrapalhavam.

- E daí? Eu também estava sozinha, não tinha marido, nunca tive, eu também estava sozinha nesta merda de mundo e nesta merda de casa.

- Você tinha a mim. – Falei olhando para ela esperando que ela me olhasse de volta. Ela não olhou.

- Eu não tinha você... Nunca tive, eu escolhi não ter.

Aquelas palavras entraram em meus ouvidos, mas foi em meu estômago que senti como se fosse um forte golpe. Tive vontade de vomitar, mas me contive, massageei discretamente a barriga, estava meio tonto e me escorei no sofá tentando manter o controle.

- Não. – Falei baixinho sem saber ao certo o que dizer.

Minha mãe me olhou pela primeira vez e percebi um pouco de confusão ou incerteza em seu semblante, acho que estava assim por ter sido a primeira vez que eu a confrontava.

-Você foi um erro. – Enfim, ela falou.

- Não, Dona Raquel, eu não fui um erro, eu não sou uma desgraça e não sou a causa de sua infelicidade. – Respondi mais confiante e deixando a raiva me dominar mais uma vez, enquanto me aproximava dela – Não vou mais le- var a culpa por seus fracassos e sua depressão. Não sei por que me odeia tanto, também não me importa mais se sempre fui uma sombra nesta casa e nunca existi para você. Então, fique só, morra sozinha, porque você sempre foi uma desgraça em minha vida e desta vez eu vou ser feliz com ou sem você.

Neste momento virei as costas e sai de casa sem olhar para trás, não queria saber o que ela iria fazer, queria que ela morresse e eu nem iria no seu enterro, bati a porta o mais forte que consegui e comecei a correr, corria enquanto as lágrimas se misturavam ao suor e só parei quando estava sem fôlego. Sentei-me em um banco de uma praça que ficava a alguns quarteirões de minha maldita casa e fiquei ali parado por vários minutos, tentando organizar as ideias e tentando não morrer de raiva.

Olhei para o céu e vi que especialmente aquela noite estava bastante estrelado.

A rua ainda estava bastante movimentada, mas ninguém parecia estar nem aí para mim ou para qualquer outra pessoa que passasse por ali, alguns garotos jogavam futebol na rua e fiquei observando um pouco aquela brincadeira tão inocente onde chutavam uma bola de futebol velha e remendada e havia um garoto gordo do gol, as traves eram marcadas por dois chinelos velhos escorados por pedras. Os garotos sorriam e xingavam uns aos outros.

Quando tinha aquela idade meu pai ainda estava comigo e meu mundo ainda era bom.

Deitei-me no banco e encarei o céu, olhei aquele exército de estrelas e tive inveja, queria ser uma estrela, viver no céu olhando esse monte de mortais idiotas se destruindo. Nesse céu eu acreditava e não no céu de contos de fadas que as pessoas falavam.

- O Céu e o inferno não existem. – Sussurrei para mim mesmo. – O que existe é um mundo injusto e cheio de pessoas ruins, um mundo onde os fortes e maus comandam e sobrevivem. Neste mundo eu acredito.

Àquela altura do campeonato eu já devia ter perdido meu emprego, pois a minha licença médica já havia acabado há alguns dias e eu nunca voltei ao trabalho.

Continuei olhando para o céu por um longo tempo, mesmo em meio a tanta poluição sonora eu conseguia ouvir um grilo cricrilando em algum lugar daquela praça. De tempo em tempo meus olhos teimavam em derramar uma lágrima e eu a secava disfarçadamente. Vi uma estrela cadente e fiz um pedido mesmo não acreditando nesta bobagem, o céu parecia infinito. Eu não acreditava em Deus.

Mas no fundo eu queria que ele existisse.

Acreditar em uma força maior, em um Deus seria ir contra a tudo que eu vivi, a tudo que os meus olhos denunciam.

Acreditar neste Deus que as pessoas falam seria não ver a morte do meu pai, a solidão do Sr. Mathias, ou o abandono daquele mendigo do viaduto. Seria não reparar a vida que a Nina e eu levávamos e até a vida do Sandro.

Imaginar que esse Deus existe seria aceitar a existência do diabo, pois o céu não poderia existir sem um inferno, e para falar a verdade eu preferia não acreditar em demônios com asas de morcegos e rabos pontiagudos com chifres enormes e segurando um tridente. Seria mais fácil achar que eu vim de um macaco, mesmo não tendo um único pelo no corpo.

Prefiro Aquaman ao diabo, pelo menos o tridente do Aquaman é mais legal.

Ri um pouco com aquele pensamento, então meu telefone tocou, imaginei que fosse a Nina, mas quando olhei no visor vi escrito Dona Raquel. Aquela palavra fez meu sangue ferver e toda a calma aparente que estava em mim pareceu fugir e o ódio voltou a reinar em minhas veias, eu fiquei olhando para a tela do meu celular até que parasse de tocar, então olhei mais uma vez para o céu e resolvi desafiá-lo.

- Olha, Deus, ou seja lá quem for, talvez você não exista, mas mesmo as- sim vou falar contigo. – Comecei em voz baixa o suficiente apenas para meus ouvidos ouvirem.

- Eu sempre pedi para que você me desse um sinal de sua existência ou intervisse por mim em vários momentos da vida e nunca tive nenhuma resposta. Eu conheço a igreja, já fui à missa e já li a bíblia, já cansei de rezar e você permaneceu mudo, você não fala comigo, cara. Nunca falou, é igual a minha mãe. Então, vou fazer um acordo com você só desta vez – Eu estava muito bravo com Deus. – Vou esperar apenas um minuto por um sinal seu e se você não mostrar nada, seja um vento ou outra estrela cadente qualquer coisa, eu vou sair daqui agora e vou procurar o Sandro para ele me levar até a casa daqueles safados que quase me ferraram... Ouviu bem, cara? – Aumentei um pouco a voz, mas logo me contive. – Apenas um minuto. – Eu falava com raiva, mas tentava manter a discrição ao falar com Deus para que as pessoas não achas- sem que eu era maluco ou estava drogado.

Tinha deixado minha maconha em casa, que merda.

Olhei no relógio do celular para marcar o tempo que tinha dado para Deus me responder, cronometrei para que nem um segundo a mais se passasse. Então, uma pancada me acertou em cheio o rosto, senti o gosto de sangue na boca e fiquei desorientado por uma fração de segundo, em seguida vi o garoto gordinho que estava no gol vindo em minha direção, enquanto os outros garotos discutiam se era pênalti ou não a última jogada. Vi o garotinho se aproximando com a banha de sua barriguinha saindo por baixo da camiseta velha apertada. Tive vontade de fazê-lo engolir a bola e aquela banha.

-Moço, o senhor pode me devolver a bola?

- Qual teu nome, moleque? – Perguntei enquanto a raiva ia passando e a dor diminuindo.

- João Lucas. – Ele falou.

O moleque tinha mesmo cara de João, cara de capeta e de quem comia feito o cão, as bochechas até balançavam quando ele se movia, confesso que tive vontade de dá um tapa na cabeça dele para descontar a dor que estava sentindo no nariz com a bolada que me deram.

- Toma – Joguei a bola para o João rolha de poço, acho que joguei um pouquinho forte demais, pois se desequilibrou e caiu para trás com o impacto da bola no peito, logo depois levantou-se com um pouco de dificuldade devido ao peso e vi todo o cofrinho do moleque banha. – Vai embora, moleque dos infernos – Falei para que ele ouvisse. – E se jogar a bola para cá mais uma vez eu furo essa merda.

Ele saiu correndo sem olhar para trás, quando me dei conta havia esquecido do cronômetro do celular, então percebi que já havia passado dois minutos do tempo que dei para Deus. Olhei para o céu e encarei o que poderia ser a casa de Deus.

- Fui piedoso com você, cara. Te dei o dobro do tempo, você teve sua chance e desperdiçou agora adeus, Deus. – Sorri do trocadilho.

Levantei-me e sai andando, uma força pareceu me dominar, a energia estava de volta, enfim poderia ser eu mesmo sem me preocupar com o julga- mento de quem quer que fosse, sem usar máscaras, estava por minha conta. Peguei meu celular e procurei na agenda o telefone do Sandro, quando encontrei apertei no discador.

IRA

Raquel estava em casa sozinha após Árthur ter saído quase derrubando a porta atrás de si. Ela encheu outro copo de vodca e virou de uma só vez, estava brava, a mágoa que sentia por toda sua vida, pelo que tinha acontecido antes de Árthur nascer, com a traição de seu marido, com a porcaria de vida que levava e o inferno que vivia todos os dias com o seu único filho que ela sabia que também a odiava pelo que ela o fazia passar.

Raquel estava cansada e esgotada, queria dar um basta naquilo, não aguentava mais viver daquela forma, e da maneira que o Árthur havia saído com certeza iria fazer alguma besteira, ainda mais sabendo que o amigo marginal dele estava rondando a casa há poucos minutos. Ela sabia bem do histórico do Sandro e a confusão que já metera seu filho.

Voltou a encher seu copo e foi até a estante, ela pegou um porta-retratos onde estava o Árthur, ela e o seu ex-marido. Raquel era muito frustrada com sua vida e seu passado, e cada vez que olhava para a foto de sua família que parecia ser perfeita, na qual ela estava abraçando o marido que segurava seu filho lindo e pequeno nos braços, tendo de fundo a paisagem das Cataratas do Iguaçu, todos pareciam tão felizes. Mas tudo não passava de uma felicidade externa, porque por dentro eles sabiam que a vida era bem diferente.

Raquel ficou olhando para aquela fotografia por um momento e depois olhou para a bagunça que estava no chão, mistura de vidro com um forte odor etílico. Ela teve vontade de quebrar tudo que tivesse à sua frente, estava com muita raiva e foi justamente isso que fez.

Raquel atirou seu copo longe e o ouviu se espatifar contra um vaso de flores em um canto da casa. Arrancou os quadros de sua família da parede e da estante e os jogou no chão, virou uma mesinha de canto sem se preocupar com os enfeites de cristal que viraram pó. Ela gritava a cada coisa que jogava e que- brava, ela queria aquela fuga, precisava se livrar daquela dor e culpa, precisava virar a página e esquecer todo o passado, recomeçar do zero nem que tivesse que colocar fogo na casa e em seu passado para que isso acontecesse.

Raquel foi até a geladeira, pegou a garrafa de vodca e virou na boca, deu alguns grandes goles e por um momento viu o mundo girar, mas só por um momento e logo recobrou o equilíbrio e voltou a beber, sua mente estava um turbilhão e todos os demônios do passado haviam voltado, se não fosse a adrenalina em suas veias ela já teria tombado pelo efeito do álcool.

Seu sangue fervia e ela precisou parar por um segundo se segurando ao sofá sujo de terra, barro e pétalas amarelas após um pequeno vaso com um girassol se despedaçar sobre ele. Estava sentindo dificuldade de respirar, olhou ao redor e só agora se deu conta da bagunça que havia feito e das coisas que tinha destruído, lembrancinhas que tinha trazido de viagens, que tinha ganhado de sua falecida mãe e até um desenho de sua família que o Árthur tinha feito na terceira série e ela tinha colocado em um porta-retratos para guardar de lembrança.

Tudo destruído.

Ela estava meio anestesiada pela raiva que aos poucos ia se esvaindo, se sentia meio sem chão e estúpida, não sabia qual seria seu próximo passo, o que viria agora.

Raquel estava perdida em seus pensamentos quando foi interrompida por uma batida na porta. A princípio ela ouvia a batida distante, mas com o decorrer dos segundos ela voltava a realidade e a batida vindo de sua porta se tornava cada vez mais alta, ela olhou ao redor e teve vergonha de si mesma. Passou as mãos nos cabelos tentando colocá-los de volta no lugar, passou as mãos também no rosto como se aquilo fosse mudar alguma coisa em um passe de mágica, em seguida passou a língua sobre os dentes para destravar a boca e limpar algum possível resquício de batom. Na verdade, ela estava dando um tempo para ver se a pessoa do outro lado da porta desistia e ia embora. Isso não aconteceu e foi obrigada a ir até a porta.

- Boa noite Raquel. – Cumprimentou Sr. Mathias.

Raquel não estava nem um pouco a fim de receber visita e muito menos em condições para isso, só o que ela queria era tomar seu Diazepam e dormir feito uma morta.

- Olá, Sr. Mathias, acho que não é uma boa hora. – Falou meio sem gra- ça imaginando que sua cara estava horrível e vestida naquele roupão era uma combinação perfeita de Fredy Krugger e Jazon em final de filme.

- Você está bem, minha filha? – Disse seus Mathias com um ar de preocupação como se fosse um pai.

- Estou ótima - Ela mentiu sem convencer nem a si mesma. - Obrigada por perguntar, tirando um pouquinho de dor de cabeça, mas logo vai passar.

Qualquer pessoa que estivesse a dois metros de distância poderia sentir o cheiro de álcool exalando de sua boca e dos seus poros.

- Será que posso entrar? Lhe trouxe um pão caseiro que acabei de fazer e um pedaço de queijo coalho para tomarmos um café.

Raquel sorriu meio sem graça, mas o que ela realmente queria fazer era mandar Sr. Mathias enfiar aquele pão goela abaixo e bater a porta na cara dele, depois iria sair correndo para seu quarto e afundaria a cara no travesseiro e choraria até se afogar nas próprias lágrimas, mas era impossível falar um não para aquele homem tão bom, mesmo em uma situação daquela.

Ele era um amor, e a história do pão caseiro com queijo era um golpe baixo até mesmo para um velho como ele e antes que ela pudesse falar alguma coisa Sr. Mathias já havia passado por ela que ficou parada com a porta aberta sem reação alguma. Foi só aí que ela percebeu que ele iria ver toda a bagunça de sua casa e iria deduzir ou só confirmar que ela e seu filho eram dois malucos, com certeza ele devia ter ouvido a gritaria entre ela e o Árthur e as coisas quebrando, sorte que algum vizinho fofoqueiro não ligou para a polícia.

-Resolvi dar uma arrumada e jogar algumas coisas velhas... – Raquel quis explicar o que estava acontecendo enquanto Sr. Mathias entrava, mas parecia que ele não estava nem aí para a bagunça, ele assobiava uma canção que ela conhecia, mas na atual situação não conseguiu distinguir qual era, ele passava sobre as coisas destruídas no chão como se fosse a coisa mais normal do mundo enquanto se dirigia a cozinha.

Raquel ainda empurrou alguns cacos de vidros para debaixo do sofá com a ponta do pé para tentar melhorar um pouco o ambiente, levantou a mesinha de canto depois que Sr. Mathias já tinha sumido de vista, foi até o banheiro e se olhou no espelho tentando arrumar o cabelo para não parecer uma débil mental.

Após alguns minutos ela chegou à cozinha e encostou-se ao batente da porta, cruzou os braços tentando mostrar segurança e que o mundo era colori- do para ela e seu filho revoltado.

Sr. Mathias ainda assobiava a mesma canção e agora com o raciocínio mais equilibrado ela reconheceu a canção, era Garota de Ipanema de Vinícius de Morais e Tom Jobim. Ela ficou ali parada observando aquele homem despreocupado enquanto pegava o pó de café e colocava algumas colheradas no coador, a essa altura já havia uma água esquentando no fogo.

Raquel sorriu com a atitude daquele homem tão bondoso e a forma que ele levava a vida tendo em consideração que era sozinho. Sabia-se que ele tinha um filho que a muito tempo não vinha visitá-lo, foi embora ainda novo para tentar a vida em outro lugar e nunca mais voltara, nem mesmo quando a esposa do Sr. Mathias falecera. Ninguém nunca viu esse filho. - Acho que todos os filhos são assim – Pensou Raquel.

Ela estava voando em seus pensamentos quando o assobio da chaleira sobrepôs o do Sr. Mathias e a trouxe de volta ao mundo.

Sr. Mathias começou a coar o café e o cheiro tomou conta da cozinha.

-Sente-se, minha filha, vamos tomar esse delicioso cafezinho.

Raquel sorriu agora com mais verdade, ainda estava sem graça, mas era um gesto tão bonito que ela não podia ir contra. Foi até o armário e pegou dois pratos, uma faca e uma manteiga na geladeira e se juntou a Sr. Mathias que servia duas xícaras com um café quentinho.

- Obrigado pelo pão e pela companhia.

- Eu que agradeço por fazer companhia para esse velho que não se manca e vem uma hora destas na casa de sua linda e jovem vizinha para degustar seu próprio café.

Os dois riram por um longo tempo o que ajudou a descontrair o clima pesado que havia na casa.

- Onde está o Árthur? – Falou em seguida como se fosse um inquisidor. Raquel tomou um longo gole do café quente sentindo sua língua e garganta queimarem. Ela sabia que Sr. Mathias não era nenhum velho inocente ou surdo e que devia imaginar o que havia acontecido na casa e apenas arrumou a desculpa do pão caseiro para poder estar ali e amenizar a situação. Ele era assim, sempre tentando apaziguar as situações difíceis como um bom e velho pai.

- Ele saiu. – Respondeu Raquel sem ter coragem de olhar nos olhos do velho.

- Esses jovens de hoje sempre dando trabalho aos pais, sempre nos deixando preocupados quando saem tarde da noite – Falou como se fosse um pastor de igreja presbiteriana. – É o mundo, minha filha, bons tempos aqueles em que os pais mandavam e os filhos obedeciam. É fim de mundo.

Raquel olhou para Sr. Mathias que acabava de passar manteiga em uma fatia de pão e a entregava.

- É... Nunca tive muito controle sobre o Árthur.

- Às vezes precisamos controlar primeiro a nós mesmos antes de controlar os outros.

Um golpe certeiro no estômago de Raquel.

- Sabe Sr. Mathias – Começou Raquel tomando mais um gole de café agora tomando o cuidado de assoprar antes de beber. – No fundo eu sei que sempre fui uma péssima mãe.

- E por que não procura mudar isso, minha filha?

- Não, Sr. Mathias. – Falou Raquel rindo com os olhos já começando lacrimejar.

- Você não merece sofrer tanto assim e não pode passar esse sofrimento para o seu filho, é uma carga muito pesada para um garoto carregar sozinho.

Raquel não aguentava a dor que tomava seu peito e desabou sobre a mesa chorando como nunca, por fim ela podia deixar de fingir que era forte e podia levar o mundo nas costas. Ela não podia. Sr. Mathias puxou a sua cadeira para perto de Raquel e colocou o braço sobre o seu ombro, Raquel se sentiu confortável como se seu próprio pai estivesse ali, eles ficaram calados por um longo momento e o único barulho que se ouvia era dos soluços de Raquel.

- Tudo vai passar, minha filha.

- Acho que nunca vai passar, o senhor não imagina o que foi minha vida e as culpas que carrego comigo até hoje, a raiva, a vergonha, o desejo de sumir, de morrer.

- Isso não resolveria.

- Eu sei, mas não vejo uma saída para o que me tornei, não vejo uma luz no fim do túnel.

- Tenha fé, minha filha, aquele lá em cima nunca nos abandona.

Raquel sorriu.

- Aquele lá em cima já me abandonou há muito tempo.

O AMOR IMPOSSÍVEL

Eu havia marcado de me encontrar com o Sandro e alguns amigos, mas antes eu tinha que fazer uma coisa.

Peguei um ônibus e fui direto para a casa da Nina, o pai dela iria me matar, mas eu tinha que fazer aquilo, eu amava aquela garota e não ia permitir que ninguém a tirasse de mim, nem mesmo seu pai. E quem sabe ele me matando, impediria a merda que eu estava prestes a fazer.

Desci do ônibus e fui andando até a casa dela que ficava a apenas um quarteirão dali. A floricultura ainda estava aberta e roubei um pouco de flores que estavam em um vaso na porta. Cheguei à porta da casa de Nina sentindo meu coração acelerar e minhas pernas tremerem, já era tarde e com certeza eu não seria recebido com um sorriso no rosto.

Ao menos não pelo seu pai.

Bati na porta e esperei ansioso, minha aparência agora em nada lembrava a de logo cedo. Se o pai dela achava que eu tinha cara de vagabundo, o que diria ao me ver naquele estado, mas isso não importava mais.

Bati mais uma vez e aguardei, ouvi barulho de pessoas conversando e a TV ligada, isso era um bom sinal, pois indicava que ainda não estavam dormindo. Quando ia bater outra vez na porta, ouvi passos vindos do lado de dentro, eu estava quase sem ar ao imaginar quem abriria a porta.

Para minha péssima surpresa era o homem diabo em pessoa e seus olhos pareceram virar duas bolas de fogo ao me ver ali parado mais uma vez.

- Você tem muita coragem de voltar à minha casa, seu merdinha. – Falou ele cuspindo no chão, quase acertando meu pé.

- Quer...ro... Quero falar com a Nina, por... favor. – Falei com dificuldade.

- Você o que? – Disse ele dando um passo em minha direção, o que fez com que me afastasse um pouco na defensiva.

- Por favor, gostaria que me deixasse falar com a Nina – Falei desta vez com mais firmeza na voz.

- Acho melhor você dar o fora daqui agora, moleque, antes que eu perca a paciência e te ensine uma boa lição. – Esbravejou.

-Pai. – Nina gritou atrás do pai que já se preparava para me esbofetear.

- Vai para seu quarto, Nina.

- Não, pai. Deixe o em paz, por favor. – Falou chorando.

Eu sorri ao vê-la e por um momento pude esquecer todas as coisas ruins em minha vida.

- Oi, Nina. – Acenei para ela por sob o ombro do seu pai que estava in- crédulo com a cena que via.

- Oi, Árthur. – Ela acenou de volta.

- Ora, seu moleque...

O pai dela tentou me golpear, mas apesar do tamanho era lento o suficiente para deixar seu saco exposto para um belo pontapé que levou em seguida. Eu acertei um chute com o máximo de força que pude entre as pernas do pai da Nina e ele caiu de joelhos urrando feito um lobo e em seguida eu lhe acertei um gancho de esquerda que fez com que tombasse ali mesmo se contorcendo de dor.

No momento seguinte pude ver a merda que tinha feito, eu acabara de acertar o meu futuro e que agora poderia se tornar meu ex-sogro, a Nina nunca mais iria querer olhar na minha cara e tudo estava acabado, mas quando olhei para ela, para minha surpresa, ela estava sorrindo, eu também sorri, me aproximei dela e entreguei as flores.

- Me desculpe por ter batido em seu pai.

- Tudo bem, ele é forte.

- Ni..n..a.   Gemeu seu pai.

Ela me beijou com tanta intensidade que eu poderia morrer ali mesmo.

- Moleque maldito. – O pai dela gemia no chão enquanto sua mãe saia da casa assustada sem saber o que estava acontecendo.

- Eu te amo Nina – Gritei enquanto saí correndo da casa dela e olhando para trás.

- Eu também te amo, Árthur. – Ela respondeu me mandando beijos.

- E EU TE ODEIO, GAROTO – Gritou sem forças seu pai.

- VOU TE MATAR.

Saí correndo da casa da Nina, feliz por saber que ela me amava e que o brutamontes do seu pai não poderia nos impedir de ficar juntos, subi num ônibus que estava passando e fui em direção ao Sandro e seu pessoal, eles estavam me esperando, íamos aprontar uma com aqueles babacas que me atacaram, claro que fiz o Sandro garantir que seria apenas um susto.

E uns tapas que ninguém é de ferro.

Dei o sinal e desci, dali já pude ver o pessoal me esperando. Já estava ficando tarde, mas eu não estava preocupado, pois não tinha intensão de voltar para casa. Percebi que estavam bolando cigarros de maconha e logo fiquei com vontade, fazia um bom tempo que não dava nenhum tapinha.

- Ora, ora olhe quem resolveu aparecer. – Falou Sandro com ironia. – O playboy saiu da toca.

- E aí, cara? - Respondi cumprimentado ele e os outros.

Éramos o total de cinco, todos da barra pesada. Tinha o Ricardo que era conhecido como Ricão, ele puxava carro e já tinha até assaltado um banco, fazia parte de uma quadrilha pesada da redondeza, era o mais velho de todos nós, devia ter seus trinta e cinco anos e muita história para contar. O Léo, este já havia sido preso duas vezes por agressão e estava respondendo por tentativa de estupro. O Sérgio era o único que nunca tinha feito nada tão grave além de vender drogas, já foi pego pela polícia algumas vezes, mas sempre se safava por ser menor de idade, o que ajudava e muito nos seus flagrantes. Por fim, o Sandro que dispensava apresentação. Ah, e por último eu, o idiota da vez que só se ferrava e estava onde ninguém queria estar, com pessoas que ninguém queria como companhia, mas o pior de tudo é que estávamos ali por minha causa.

"Hipoteticamente"

- Vamos pegar o carinha que te acertou. – Sandro foi direto ao assunto, enquanto dava uma grande tragada em seu cigarro de maconha que lembrava um charuto cubano.

- O que vamos fazer? – Perguntei.

- Me diga você, carinha, afinal foi tuas tripas que ele quase arrancou e não a nossa.

Senti uma gota de suor frio percorrer minha espinha enquanto pegava o cigarro da mão do Sandro e tragava, queria não estar ali, alguma coisa me dizia que eu ia me ferrar, mas não podia amarelar agora.

- Certo – Comecei a dizer sem certeza do que iria sair da minha boca. – Vamos dar um susto no cara para ele aprender a nunca mais aparecer na nossa quebrada. – Tentava falar igual a eles, mesmo tendo outro nível de educação, mas precisava fazer parte do bando e ganhar a confiança de todos.

- Por mim a gente mete fogo na casa dele – Falou Ricão, mostrando sinais de que já tinha ultrapassado sua cota de drogas nas veias.

- Eu concordo. - Disse Sérgio.

-Não. – Interrompeu Sandro. – Vamos deixar o maninho aqui decidir, ele foi o maior prejudicado nisso tudo. – Senti certa malícia nas palavras de Sandro. – Vamos lá, meu velho, diga qual é o plano?

Eu engoli saliva como se fosse uma pedra de paralelepípedo, precisava pensar rápido, resolver logo aquilo e sair dali voando. No fundo, eu não queria fazer nada com o cara, talvez uma denúncia a polícia ou coisa assim, mesmo sabendo que isso talvez não surtiria efeito algum.

- Ok. – Por fim falei. - Então é o seguinte, vamos invadir a casa do malandro, eu o quebro no pau, quebramos algumas coisas na casa dele como TV e mais algum bem valioso e vamos embora. Esse será o nosso recado certo? – Tentei ser convincente e firme em minhas palavras, mas parece não ter surtido muito efeito.

- Só isso? – Falou Léo irritado.

- Sim – Tomei coragem e falei fingindo manter o controle.

- Certo, meu velho, você que manda. – Sandro finalizou o papo e eu agradeci muito em minha mente.

Então, em meio a ansiedade de alguns e a contragosto de outros, fomos até a casa onde supostamente estava o cara que havia me atacado.

ÚLTIMA CHANCE

- Eu imagino que sua vida não tenha sido fácil, minha filha. – Falou Sr. Mathias. – Mas você não é a única com problemas neste mundo, os problemas vêm para nos fortalecer e nos ensinar a lutar. – Sr. Mathias falava com Raquel segurando em suas mãos sobre a mesa, ela não conseguia encará-lo, estava envergonhada, mesmo que ele não soubesse seus problemas e seus segredos mais ocultos, mas era experiente o suficiente para saber que a vida dela era uma merda.

- Olha, Sr. Mathias, eu não tenho palavras para agradecer o que está fazendo, mas creio que está perdendo seu tempo. Eu e o Árthur nunca vamos nos entender e nunca vamos nos perdoar. Então, é melhor o senhor ir embora, está tarde e eu vou arrumar essa bagunça e depois tentar ligar para o Árthur, quem sabe ele já esfriou a cabeça e resolve me atender.

Sr. Mathias levantou-se devagar, passando a mão sobre o queixo como quem está pensando ou bolando um plano, vai até a porta da cozinha, mas em vez de ir embora ele vira-se para Raquel e fala com certa autoridade e o semblante mais sisudo, o que fez Raquel ficar confusa.

- Vamos fazer o seguinte, minha filha, você não vai ligar para o Árthur, e muito menos arrumar sua casa. Nós vamos atrás do garoto juntos, vamos atrás do Árthur agora.

- Sr. Mathias... Não acho uma boa ideia, eu...

- Nunca se sabe o que ele pode aprontar, eu vi o quanto ele estava nervoso ao sair. Então, vamos resgatar seu filho, lute pelo pouco da sua família que ainda resta.

Aquelas palavras pegaram Raquel desprevenida e ela não soube o que dizer, e aliás nem iria perder o tempo de discutir com aquele velho mais teimoso do que uma porta.

- Você está com seu carro? – Perguntou Sr. Mathias.

- Sim
- Então, o que estamos esperando?

Sr. Mathias se dirigiu até a garagem como se aquela fosse sua própria casa. Raquel permaneceu sentada e incrédula com as atitudes do velho e queria mandá-lo para alguns lugares que vinham em sua cabeça, mas não conseguia, mesmo que se esforçasse.

Então, resolveu acabar logo com aquilo, quanto mais cedo ela fizesse a vontade do velho, fosse para encontrar ou não o Árthur, mais cedo ele pararia de se meter em sua vida e ela poderia continuar sua sina de péssima mãe.

Quando Raquel chegou até a garagem viu Sr. Mathias sentado no banco do carona com o sinto já afivelado, ela respirou fundo e levantou os olhos como se pedisse a Deus que a fulminasse naquele momento.

Mas isto não aconteceu.

Ela sentou-se no banco do motorista e ficou pensando por um momento, mas não havia nenhum pensamento formado ou decisão tomada, era um conjunto de pensamentos desconexos misturados com uma dor de cabeça insuportável, talvez pelo álcool que havia consumido há pouco, ou pelo estresse que estava passando. Ela respirou fundo e girou a chave na ignição.

A VINGANÇA TARDA, MAS NÃO FALHA

Árthur e os amigos estavam chegando na casa indicada por Sandro. O lugar era escuro, as luzes dos postes eram amareladas o que tornava o ambiente ainda mais sinistro. Eles estavam em uma comunidade não muito distante da região em que moravam, era uma favela que não tinha uma boa reputação e que a polícia e a sociedade faziam questão de esquecer que existia.

Ali a violência e o tráfico comandavam o local, mas mesmo com essa fama, aquele ambiente não assustava nem Sandro e nem seus comparsas, já que eles viviam no local e faziam parte daquela estatística. Porém, não era o mesmo para Árthur que apesar de já ter se metido em diversas confusões, nunca tinha de fato entrado tão fundo em um crime como o que estava prestes a cometer. Ele já havia se metido em diversas brigas, mas aquilo era diferente, ele estava um passo a mais do que seria o caminho para o inferno, se é que o inferno existe.

Os becos eram escuros e eles ziguezagueavam pela comunidade, alguns moradores não se incomodavam com a presença daqueles indivíduos andando tarde da noite em frente as suas portas, já estavam acostumados com aquele cenário, outros já temendo ou imaginando o que poderia acontecer recolhiam as crianças e fechavam suas portas.

Por fim, chegaram a uma pequena casa amarela no fim de uma rua sem saída. Sandro pediu para que todos ficassem quietos. Uma senhora que estava sentada em uma cadeira na casa da frente se apressou em recolher sua cadeira e entrou em sua casa fechando a porta, apagando as luzes em seguida.

- A casa é essa, playboy. – Falou Sandro quase sussurrando.

- Você tem certeza? – Perguntei sentindo meu coração pular feito louco dentro do peito, nunca tinha feito nada igual, mesmo sendo apenas um susto no safado que tinha me atacado, eu me sentia um criminoso.

Sandro se aproximou da casa e olhou entre as frestas da porta velha e mofada.

-Veja você mesmo e me diga.

Eu me aproximei da porta com cuidado, em minha cabeça a única coisa que passava era que eu tinha que sair dali correndo e nunca mais voltar, que tinha que chegar em casa e pedir desculpas para a minha mãe por algo que eu não sabia o que era e esquecer toda aquela tolice.

Olhei por uma pequena fenda na porta e meu coração gelou. O safado que havia me atacado estava sentado no sofá tomando um copo do que parecia ser uma cerveja e assistindo ao jornal.

Eu me encostei na parede ao lado da casa, tentando controlar a respiração e a tremedeira nas pernas. Sandro e os demais me observavam impacientes, aguardando a minha atitude, eu sabia que não dava mais para voltar atrás e acenei com a cabeça para Sandro como que afirmando para continuar com o plano, ele me retribuiu com um largo sorriso e me abraçou como o próprio diabo faria em uma situação daquelas. Em seguida, conversou alguma coisa com os outros que não pude ouvir o que era, eu estava com a cabeça girando e até a vista estava ficando meio turva.

Sandro foi até a porta do sacana e deu três batidinhas de leve, lá dentro houve um grande silêncio, cheguei a pensar e até torcer para que o safado tivesse nos escutado e fugido por alguma porta dos fundos. Bateu mais três vezes e nada, então quando eu já me preparava para dizer que devíamos ir em- bora, uma voz veio de trás da porta.

- Quem é?

- E aí mano, é o pardal abre aí para gente bater um papo. – Respondeu Sandro encostado a porta e disfarçando a voz.

Mais tarde eu soube que o pardal era um dos traficantes mais conhecidos da região.

- Que porra é essa, pardal, tua voz está diferente. – Falou o marginal desconfiado.

Àquela altura todos, inclusive eu, já sabíamos que tinha dado merda. Então, vi o Sandro abrir o sorriso mais uma vez enquanto me olhava, e por um segundo veio um fio de esperança em minha mente imaginando que íamos abortar a missão e íamos para casa rindo da merda que estávamos prestes a fazer. Sem contar que o cara do outro lado da porta já devia estar armado e a qualquer momento sairia por aquela porta e botaria a gente para correr, enchendo nosso rabo de bala.

Sorri de volta para o Sandro. Como sou idiota

Estava me virando para ir embora quando o sorriso foi arrancado do meu rosto ao ouvir um barulho que com certeza a vizinhança toda também tinha ouvido.

Eu me abaixei o mais rápido que pude imaginando que o safado daquela casa estava atirando na gente, mas quando olhei, para minha surpresa, o Sandro tinha quebrado a porta dele com um chute e já tinha entrado na casa com os outros. Eu era o único que ainda estava do lado de fora abaixado com as mãos nos ouvidos e as pernas tremendo.

Engraçado como a vizinhança não dava um piu e a única luz de uma casa que estava acesa há alguns minutos, agora permanecia totalmente em trevas.

Levantei-me com dificuldade de controlar meu corpo, pois eu tremia mais que vara verde, minha barriga começou a remexer por dentro. - Era só o que me faltava. – Pensei. - Ter ficado tão nervoso que ia me cagar todo ali.

Aproximei-me da casa tão devagar que parecia que o mundo estava em câmera lenta, mas logo meu mundo voltou ao normal quando Leo me puxou pelo braço e fechou o que restou da porta atrás da gente.

Que merda eu estava fazendo?

Eu estava na casa do cara que tinha me atacado, era uma casa muito pobre e com alguns objetos que contrastavam com o ambiente. Na sala tinha uma TV de 50 polegadas e um Playstation logo abaixo dela, também tinha um notebook branco da Apple e mais alguns celulares em cima da mesa da cozinha que não pude identificar suas marcas, mas com certeza eram de última geração e, logicamente, roubados.

A casa era bagunçada e estava cheia de lixo, móveis velhos, uma montanha de louça suja na pia, sapatos e roupas largadas por todos os cantos e um sofá rasgado onde o bandido antes estava sentado assistindo TV e agora estava caído com o Sandro em cima dele segurando uma arma em sua cabeça. Também vi um trinta e oito enferrujado caído perto da porta, o marginal segurava a arma antes de ser derrubado com o chute que o Sandro havia dado.

Eu não sabia o que fazer, estava apavorado. Olhei para o outro lado da sala e vi que Léo e Sergio mantinham uma garota ajoelhada, ela tinha os cabelos vermelhos com a coloração já desbotando. A garota chorava muito, uma mancha também avermelhada começava a se formar em sua bochecha revelando que tinha tomado uma bofetada a pouco tempo. Enquanto Léo segurava a garota pelos cabelos, Sérgio mantinha uma arma em sua boca. O Sergio esbofeteou seu rosto mais uma vez para que ela se calasse o que não surtiu muito efeito.

Eu estava petrificado e em minha cabeça passavam os conselhos que Sr. Mathias sempre me dava, as ameaças da minha mãe, o dia que fui preso e até o abraço confortante de meu pai, eu definitivamente tinha chegado ao limite de todas as minhas cagadas.

- E aí, playboy, o que você vai fazer agora? – Falou Sandro me despertando daquela letargia.

Respirei fundo e olhei para aquele cenário horripilante.

Eu era um bandido agora.

Me aproximei do safado que tinha me atacado. Sandro saiu rapidamente de cima dele, mas continuou apontando a arma para sua cabeça, em seguida pediu para que ele se ajoelhasse. O cara suava em bicas e seus olhos estavam esbugalhados, na certa imaginava que algo muito ruim estava prestes a acontecer. Ele não imagina que eu ia apenas dar um susto nele, dar uma lição para que ele soubesse seu lugar e talvez depois disto ele até poderia repensar sua vida de crimes e quem sabe resolveria andar pelos caminhos corretos.

- Levante ele. – Falei quase sussurrando para o Sandro. Não reconheci minha própria voz.

Sandro puxou o safado pelo braço, ele permaneceu em silêncio por todo o tempo, olhei no fundo dos seus olhos e vi ódio e um grande vazio que não podia explicar, ele era uma pessoa ruim, e olha que ainda era um garoto.

Neste instante veio a imagem daquele maldito e do seu comparsa, na casa do Sr. Mathias espancando o velho, enquanto exigiam dinheiro, e em seguida eu sendo golpeado e caindo no chão enquanto via-os indo embora com o que podiam carregar. Era para eu estar morto agora, talvez por um milagre eu esta- va ali, ou simplesmente para poder me vingar daquele marginal.

Realmente a vida é um bumerangue.

- Tudo se inverteu agora não é, seu safado? – Falei quase que encostando meu nariz no nariz do cara.

- Não sei quem são vocês e nem o que querem? – Falou o marginal com um tom trêmulo na voz, mostrando pela primeira vez um certo medo que até então estava escondido dentro dele. – Se for por causa da boca do fundão pode ficar com ela, eu já estou em outra parada. – Falou referindo-se a uma boca de droga que ele e uns comparsas tinham tomado de um pequeno traficante da região.

Ouvimos barulho de sirenes distante.

- Você não lembra de mim não é, seu vagabundo? – Eu estava possuído de ódio naquele momento. Levantei a camisa e ele olhou direto para minha cicatriz, não respondeu, mas percebi certo medo dentro do seu olhar. Arrependi-me de ter feito aquilo, porque agora ele iria me reconhecer e depois que eu saísse dali ele poderia ir atrás de mim ou nos denunciar a polícia, e aí minha vida ia mergulhar em um poço de lama ainda pior do que aquele.

As lembranças do que ele tinha feito comigo começaram a explodir em minha cabeça feito fogos de artifícios e a raiva estava crescendo dentro de mim. Então, eu soquei o estômago dele com toda a força que eu tinha, o marginal caiu no chão tossindo e segurando a barriga, em seguida eu bati com o joelho em seu queixo o que fez com ele caísse no chão gemendo.

Neste instante me lembrei do pai da Nina e sorri de satisfação. Olhei para o Sandro e vi um certo brilho em seu olhar, os outros sorriam parecendo se divertir com aquela cena, e o pior de tudo era que eu estava adorando aquela sensação de poder, o prazer de ter um canalha daqueles em minhas mãos para eu poder fazer o que eu quisesse.

Agora eu era deus, o deus dele e sua vida estava em minhas mãos. O marginal estava caído na minha frente e a vontade que eu tinha era de chutá-lo. E foi isso que fiz. Chutei sua barriga, uma, duas, três, quatro e outras tantas vezes que só parei quando vi ele cuspir sangue, eu estava em um frenesi, o mundo girava e a sensação de poder fervia em minhas veias e essa sensação estava me deixando quase excitado.

Então, respirei fundo e parei, me afastei alguns passos até sentir meu corpo encostar na porta, meu coração pulava em meu peito como se quisesse fugir e eu respirava com dificuldade. Léo e Sergio entraram no quarto com a garota ruiva e eu não sabia o que estava acontecendo lá, e nem queria saber. Eu comecei a passar mal e meu estômago embrulhou, abri a porta e sai correndo da casa, parei no beco escuro e comecei a vomitar, aquilo era demais para mim, vomitei por alguns minutos.

Porém, como eu já estava há um bom tempo sem comer, apenas um líquido amargo e amarelado saia de dentro de mim. Eu estava suando, encostei-me à parede e tentei controlar minha respiração, fechei os olhos e tentei não pensar no que tinha acabado de acontecer e só o que ouvi foi o silêncio que em seguida foi interrompido por um barulho ensurdecedor de um tiro.

Pulei assustado e fui em direção a porta de onde saí, olhei a tempo de ver o marginal agonizando após ser baleado no peito. Sandro saiu correndo com os outros em seu encalço, passaram por mim, mas eu não consegui me mexer e olhava para o cara enquanto ele me olhava de volta como se me culpasse pela sua vida que estava deixando seu corpo naquele momento.

Uma imagem que jamais vou esquecer.

- Anda, playboy, vamos embora daqui. – Sandro gritava, enquanto me
puxava.

Saímos correndo daquele beco escuro o mais rápido que podíamos e percebi que algumas luzes começavam a acender atrás da gente. O mundo tinha desabado em minha cabeça, nós tínhamos acabado de assassinar uma pessoa.

A pele e os olhos daquele cara ficando de uma cor branco leitoso, uma cor que nunca tinha visto antes, era como se sua alma estivesse deixando a carcaça de seu corpo e voltando para o lugar de onde tinha vindo.

Ouvimos sirenes de aproximando da comunidade, com certeza algum daqueles vizinhos tinha chamado a polícia, enquanto estávamos dentro da casa do sujeito, pois não explicaria a chegada tão rápida. Eu era muito bom de cor- rida, minhas pernas compridas era um grande trunfo ao meu favor.

Nós quatro corríamos em fila indiana, seguindo o Sandro feito uma matilha de lobos atrás de seu líder, mas a verdade era que o único que conhecia bem aqueles becos era o Sandro, então eu e os outros não tínhamos outra escolha.

Quando finalmente estávamos chegando à saída vimos uma viatura frear em nossa frente e três policiais descerem com as armas em punho e correndo em nossa direção. Por sorte estávamos a pouco mais de cinco metros dos poli- ciais e o beco ainda era a melhor saída.

Então, demos meia volta e entramos no beco mais uma vez, voltando pelo mesmo caminho por onde viemos. Ouvimos quando outros carros de polícia chegaram a toda velocidade em frente ao beco em que estávamos.

Sandro pegou um desvio e nós o seguimos, eu era o último da fila, mas se houvesse espaço com certeza eu seria o primeiro. A adrenalina tomava conta do meu corpo e em momento algum eu me senti cansado, queria apenas sumir dali, estávamos de volta ao centro da comunidade e àquela altura as ruas estavam começando e encher de curiosos e aquilo era muito ruim para nós, a gente sabia que a favela estava enchendo de policiais.

E quando eu achei que as coisas não podiam ficar pior, foi aí que ouvimos o barulho de um helicóptero se aproximando.

- Precisamos nos esconder, vai ser impossível sair daqui. - Falou Sandro desesperado.

- Porque tinha que matar o cara, era apenas para darmos um susto nele – Falei ofegante.

- E você acha que depois disso ia ficar tudo bem, seu idiota? Ele ia nos reconhecer e com certeza ia se juntar com o pessoal da boca para queimar a gente vivo.

Eu sabia que o que ele dizia era coerente, talvez o Sandro estivesse certo, se a gente foi tão burro a ponto de mostrar o rosto com certeza ele não ia deixar barato.

Mais tarde descobri que aquele cara que matamos era irmão de um dos maiores traficantes da região.

- Vamos entrar em uma casa dessas e pegar a família como refém até tudo isso passar. – Sugeriu Ricão.

Ali estava eu, tinha acabado de espancar um cara e participado de um assassinato, estava correndo da polícia e agora poderia ter um sequestro para agregar a meu belo currículo.

- Que merda – Falei em voz alta, mostrando total desespero.

-FIQUEM ONDE ESTÃO! – Gritou um policial atrás da gente. Fiquei em choque.

Sandro atirou em direção ao policial que caiu desacordado no chão para meu desespero. Em seguida, policiais começaram a chegar por todos os lados, feito um enxame de abelhas, e começaram a disparar em nossa direção.

Eu não pensei duas vezes e sai correndo pelo primeiro caminho que encontrei, neste instante ouvi um grito que logo identifiquei ser do Sandro, quando olhei para trás pude ver ele tombando de cara no chão feito um tijolo, e lá ficou sem mover um músculo.

O farol de busca do helicóptero da polícia fazia uma varredura pela favela e por duas vezes tive que me esconder para que não fosse visto, uma das vezes dentro de uma lixeira o que me rendeu um odor insuportável que passou a me acompanhar.

A essa altura Léo, Sergio e Ricão vinham em meu encalço já que estavam tão perdidos quanto eu. Corremos o mais rápido que nossas pernas puderam aguentar, mas isso não impediu que o farol de busca nos encontrasse, a luz era tão potente que nos deixou desnorteado, alguns policiais do helicóptero apontavam as armas em nossa direção e gritavam para que nos deitássemos no chão, ouvimos a estática dos rádios quando eles chamavam reforço indicando nossa localização. Olhamos uns para os outros totalmente confusos sem saber o que fazer e percebi nos olhos do Ricão que ele estava prestes a cometer uma loucura.

- Não faça isso cara, acabou. – Falei em meio ao barulho das hélices do helicóptero acima de nós.

Tentei alertar para que ele ficasse parado, mas foi em vão.

Ele puxou a arma e apontou para o helicóptero, mas não teve tempo de puxar o gatilho, pois foi alvejado por uma rajada de tiros que chovia sobre nós, eu o Sérgio e o Léo aproveitamos este momento para fugir.

Estávamos morrendo, esse seria o nosso fim, o Sandro e o Ricão acabaram de morrer em nossa frente.

Eu me senti sozinho no mundo e desesperado, não tinha a quem recorrer, tentei orar, implorar a Deus me ajudasse, mas não consegui formular uma frase ou imagem sequer em minha mente, minha cabeça estava uma bagunça.

Ouvi um barulho seco atrás de mim e quando olhei, vi que tinha sido o Léo que tinha se estatelado no chão, a princípio imaginei que ele tinha sido atingido, mas logo em seguida percebi que ele tentava se levantar com dificuldade. Sérgio e eu voltamos para ajudá-lo e percebemos que ele tinha torcido o tornozelo, escorei ele em meu ombro e ele começou a pular em uma perna.

- Parado aí – Gritou o policial do helicóptero que voltou a sobrevoar nossas cabeças.

Sérgio saiu correndo e mais na frente eu o vi tombar alvejado por um tiro certeiro.

Eu ouvia passos de coturnos de aproximando e aproveitei a distração dos atiradores que tinham se virado para o Sergio e resolvi largar o Léo no chão e sai correndo.

Vi quando Léo tentou se levantar para fugir e o facho de luz o alcançou, neste momento dezenas de policiais saiam por todos os lados de armas em punho em sua direção e ele acabou se entregando.

Aquele era o princípio do fim.

Continuei correndo sem rumo por um lugar escuro que eu não conhecia, onde eu seria morto a qualquer momento, seja por um policial ou por um traficante, eu podia ouvir o helicóptero se aproximando e passos dos policiais em meu encalço.

Eu só pensava em desaparecer dali, senti saudades do Max, do meu pai, do Sr. Mathias e até da minha mãe. Queria estar em meu quarto agora fumando minha maconha, fazendo uma chamada de vídeo para a Nina e vendo ela tirar a blusa para me mostrar seus belos seios enquanto eu me masturbava.

- Deus me ajuda pelo menos desta vez. – Implorei, no fundo acho que eu não era ateu só não aceitava um deus invisível. Estava correndo quando tropecei em um maldito gato preto o que fez com que eu despencasse um pequeno morro e caísse em um córrego fedorento, ainda bem que não estávamos em época de chuva, senão aquele córrego poderia estar cheio e eu ferrado. Levantei e percebi que a água, ou seja, lá o que fosse que estivesse correndo naquele córrego não passava da altura dos meus joelhos e continuei correr por dentro daquele esgoto fedorento repleto de lixo e fezes daquela comunidade.

Percebi que o farol de busca do helicóptero já tinha chegado no lugar que eu caí e não demoraria muito até que pudessem me ver, vi também que alguns policiais que também tinha chegado ali já apontavam as lanternas para o córrego imaginando que eu deveria ter entrado nele.

Na minha frente tinha uma pequena ponte e notei que o lugar era menos íngreme e decidi subir por ali, quando subi olhei para trás, vi uma dúzia de policiais estavam dentro do córrego e pelo menos metade deles vinham em minha direção, por sorte o helicóptero estava indo em sentido contrário.

Olhei ao redor e vi que aquela pequena ponte que dava acesso para a comunidade e que o córrego separava a favela de uma pequena estrada de chão de terra que eu não tinha nem ideia de onde iria dar, mas para minha sorte do outro lado da estrada tinha um enorme matagal com grandes árvores e mata fechada.

Em um dia comum eu jamais entraria em um lugar daquele, mas aquele dia não estava comum há muito tempo e para que não terminasse mais trágico eu teria que me enfiar naquela mata o quanto antes sem chamar atenção dos policiais e muito menos no helicóptero que já fazia a curva e vinha em minha direção.

Andei agachado o mais depressa que consegui rumo a mata escura e me embrenhei na mata, se eu tivesse sorte ninguém teria me visto, olhei para trás e vi as lanternas dos policiais que já estavam embaixo da ponte, enquanto o helicóptero dava assistência com sua forte luz.

Eu não podia ficar ali, comecei a andar na mata sem enxergar quase nada, por sorte era noite de lua cheia e o céu apesar de ser noite estava iluminado. A cada momento que eu entrava mata adentro sentia algum galho me chicote- ando ou algum espinho furando minha carne, em alguns momentos sentia um líquido quente escorrendo do braço, da testa, das mãos e sabia que era meu sangue, mas a adrenalina ainda comandava meu corpo e eu mal sentia dor. Meu instinto de sobrevivência só queria ficar o mais distante possível daquele lugar.

Não sei quantas horas eu andei naquela noite e dentro daquela floresta, mas em certo momento meu corpo já sentia o cansaço e meus pés latejavam. Contudo, não parei nem por um minuto sequer para descansar e já não ouvia o barulho do helicóptero, o que me dizia que finalmente eu tinha despistado a polícia. Eu estava sem rumo quando me deparei com uma cerca de arame farpado.

- O que é isso? – Me perguntei em voz alta.

Com certeza aquilo deveria ser uma propriedade privada, o que queria dizer que eu estava de volta a civilização. Subi com cuidado para não me furar o que não deu muito certo, pois escorreguei e fiquei pendurado por uma perna do lado de dentro da propriedade. Sentia os grampos afiados do arame farpado entrarem e rasgarem minha coxa, me segurei para não gritar. Ouvia cães latirem distante e o que eu menos queria agora era um bando de cachorro atrás de mim. Arrumei um pouco mais de força que eu nem sabia de onde vinha e consegui soltar minha perna do arame. Em seguida senti minha calça ficar encharcada e eu sabia que era sangue, eu só torcia para não ter sido a artéria femoral. Tirei minha camisa e rasguei para fazer um torniquete e amarrar na perna, eu vi isso uma vez em Grey's Anatomy, e deu muito certo, então quem sabe não poderia dar certo na vida real.

Por fim, a vida imita a arte.

Eu estava exalto e sentia muita dor em todo o corpo. Estava mancando, mas parecia que o torniquete improvisado tinha dado certo, andei por mais alguns minutos e não via nenhuma residência ou segurança e muito menos cachorro, achei aquilo muito estranho, mas continuei andando agora com um pouco mais de dificuldade.

Queria muito minha cama e um prato de comida quentinho.

Após quase meia hora andando com dificuldade sentia minha visão embaçar, estava no limite da exaustão quando vi uma clareira à minha frente e algumas luzes acesas.

Aproximei-me com cuidado, não queria ser surpreendido com um tiro ou com algum cachorro mordendo minha bunda e com certeza eu não teria fôlego para mais uma corrida.

Andei em direção as luzes e quando ultrapassei a última barreira de mata um grande alívio tomou conta da minha alma. Eu estava no meio de um par- que, na minha frente tinha alguns bancos de cimento, aparelhos de ginástica um pequeno lago e pista de corrida, andei mais um pouco e passei por uma quadra de basquete e outra de futebol, vi que uma placa indicava a saída e fui naquela direção, olhei para um canto e vi um bebedouro e parecia que eu estava vendo uma garota pelada, manquei até o bebedouro rezando para ter água.

E tinha água. Eu bebi como nunca havia bebido água na vida.

Minhas mãos estavam podres de lama e sabe-se lá Deus o que mais, quando me afastei do bebedouro as marcas das minhas mãos tinham ficado lá, eu imediatamente esfreguei as marcas como um criminoso profissional que não quer deixar suas digitais na cena de um crime, deixei o bebedouro uma nojeira. Então, fui até onde imaginava ser a saída do parque, eu estava torcendo para não ter nenhum segurança que me visse e chamasse a polícia, não tinha ideia que horas eram. Me aproximei com cuidado observando por todos os lados qualquer coisa que pudesse soar uma ameaça e para a minha sorte os governantes eram uma bosta e não iam gastar dinheiro com um segurança em um parque, a população que se ferrasse.

As grades estavam fechadas com dois grandes cadeados, eu forcei por um tempo, mas era impossível arrebentar aquilo. Olhei para um lado e vi que havia uma guarita vazia e que eu poderia me apoiar nela para pular o muro e foi isso que fiz. Dentro da guarita tinha uma cadeira velha que usei para servir de apoio para eu chegar ao telhado da guarita, logo eu estava sobre o muro do parque que não era muito alto, tinha cerca de dois metros e meio, mas nas condições que eu me encontrava qualquer descuido podia me ferrar.

Olhei para os dois lados da rua e não tinha quase ninguém, algumas motos passavam na avenida do outro lado e dois senhores andavam devagar enquanto conversavam, pela pouca movimentação pude perceber que devia ser muito tarde da noite e eu tinha que me localizar para tentar chegar em casa antes de amanhecer, porque se alguém me visse na rua nas condições em que eu estava iria se assustar e eu não poderia me dar o luxo de chamar a atenção de ninguém.

Pulei o muro e ao cair no chão senti uma dor inigualável, eu tinha apoia- do meu peso em apenas uma das pernas já que a outra estava um frangalho, mas eu não contava que isso fosse torcer meu pé da perna que ainda estava boa, fiquei um pouco ali no chão tentando respirar e me concentrar na dor.

Calma, Árthur, seu idiota, o pior já passou.

Apoiei-me no muro do parque e a cada movimento eu sentia que iria desmaiar de dor e agora a perna que eu usava para tentar andar era a que estava cortada com o arame farpado, comecei a andar feito um zumbi e percebi que minha perna voltara a sangrar.

Eu andava cambaleando pelo meio da avenida e não tinha noção de que estava correndo perigo, pois eu era muito alto e fácil de ser percebido, não tinha movimento e não ouvia vozes, somente barulhos de carros ou motos bem distantes de onde eu estava. Eu não sabia para onde estava indo, tentaria me esconder embaixo de algum viaduto até de manhã cedo e então começaria minha caminhada de volta.

Tateei meu bolso e senti um pequeno volume e comecei a rir, pois lembrei que era minha carteira e tinha um pouco de dinheiro dentro, apesar de estar molhado e provavelmente sujo, eu poderia pegar um ônibus ou até um taxi para casa. Então, olhei para meu estado e imaginei que ninguém em sã consciência pararia um veículo para mim.

Nessa hora lembrei do meu celular e meu coração disparou, eu poderia ligar para minha mãe ou para Nina, puxei meu o celular do bolso que estava úmido e com um pouco de lama e apertei algumas vezes, mas nem sinal de vida, provavelmente teria molhado quando caí no córrego e tinha pifado, coloquei de volta no bolso e continuei minha jornada em busca de um viaduto, afinal eu tinha conhecido um bom homem que morava embaixo de um, então que mal faria eu passar apenas uma noite também em um.

Andei por mais alguns metros e meu estômago começou a arder, tive vontade e vomitar, mas apesar do esforço não tinha nada para sair de dentro dele. Minhas pernas não obedeciam mais a meu cérebro e a cada passo que eu dava parecia que estava dando mais dois para trás.

Tirei o cabelo que cobria meus olhos e tentei ver onde eu estava, parecia um lugar totalmente estrando para mim, não lembrava de ter andado por ali em algum momento da minha vida. Encarei a lua que assistia meu sofrimento como uma rainha vendo um escravo ser devorado por leões, meu corpo começou a perder as forças e eu desabei, não tinha desmaiado, mas bati com a cabeça no chão.

Eu estava consciente, mas minha visão estava turva. Tentei me levantar, porém foi em vão, eu não tinha mais forças estava acabado, comecei a ouvir barulhos que imaginei que fossem carros e eu sabia que precisava levantar dali e me esconder.

Um grande facho de luz começou a se aproximar, era o helicóptero da polícia, enfim eles tinham me encontrado, todo o meu esforço foi em vão e esse seria meu fim. Ouvi quando a viatura da polícia parou a poucos metros de minha cabeça, eu tentei mover o rosto e falar, mas não tive forças e apenas um gemido saiu de minha garganta. Percebi passos dos policiais vindo em minha direção, mas não conseguia ver mais nada, pois o facho de luz estava me cegando, meus ouvidos tiniam como se fossem explodir.

Tentei me levantar mais uma vez, mas o máximo que consegui foi me virar com as costas para o chão, respirei fundo olhei para o céu e vi o quanto era distante e misterioso e se houvesse alguém ali agora estaria rindo de minha derrota, há poucas horas tinha desafiado Deus e agora estava caído naquele asfalto totalmente destruído e prestes a definhar em uma cela de prisão ou morrer.

Eu sorri para Deus.

- Você venceu, cara. – Resmunguei enquanto tossia. – Você venceu. Senti braços me pegando. Era magro, mas osso pesava e os policiais tiveram um pouco de dificuldade de me levar até a viatura. Em certos momentos, eu senti minha consciência apagar, mas voltava em seguida.

Fui colocado no banco de trás e eu ouvia vozes, mas não conseguia identificar o que falavam. Tentava olhar para seus rostos, contudo via apenas sombras e borrões. Um dos policiais batia em meu rosto, mas eu não conseguia reagir, eu até tentava sem conseguir.

Ouvi o motor do carro arrancar comigo e mais uma vez senti saudades daqueles que um dia fizeram parte da minha vida, eu estava deitado na viatura de forma que minha cabeça podia ver as luzes dos postes da rua e eu via as luzes passando cada vez mais rápido pelos meus olhos, era linda aquela imagem. Eu havia destruído minha vida como minha mãe tinha dito tantas e tantas vezes e tudo que passei não valeu de nada, quem iria cuidar do Max já que ela o odiava? Quem iria comprar os remédios do Sr. Mathias? Será que a Nina iria me esquecer logo? E quem iria cozinhar para minha mãe quando ela chegasse bêbada? Tudo em vão, eu queria ter orgulhado meu pai, mas não passei de uma decepção para todos.

A viatura se movimentava me jogando de um lado para o outro, as dores tinham diminuído um pouco e o medo também, não adiantava eu lutar contra o destino se era isso que o destino tinha reservado para mim.

Senti vontade de vomitar mais uma vez, mas não tive forças para me virar, vi o mundo girando e quis pedir ajuda, queria gritar por socorro, porém a voz não saía. Percebi que lágrimas escorriam em meio a lama que cobria minha face então, um grande silêncio e eu já não ouvia nada e aos poucos as luzes dos postes foram se dissipando e ficando cada vez mais distante e eu já não via ou ouvia nada.

Esse foi o fim da minha história.

O PERDÃO

O que seria isto? Será que a morte era assim? Eu não estava sentindo mais nada, nenhuma dor ou medo. Com certeza eu não estava preso, tudo estava quieto e tranquilo ao meu redor, eu não podia me mexer direito, mas estava consciente do que havia acontecido.

Eu era de fato o cara mais burro do mundo.

Aquilo poderia não ser o céu, mas com certeza também não era o inferno, será que havia um mundo paralelo para onde as almas vão, seria o tão falado purgatório?

- Árthur...

Ouvi meu nome muito distante e me assustei, tentei abrir os olhos, mas estavam pesados demais.

- Árthur...

Será que era a voz de Deus me chamando? Enfim, ele iria se mostrar para mim.

Forcei os olhos mais uma vez e um pouco de luz entrou em meu campo de visão e não foi só isso, aos poucos as dores começaram a voltar como um ciclone que destrói tudo à sua frente. Tentei me mexer e puxar a perna e a dor se intensificou, o que fez com que eu quase perdesse a consciência novamente. Senti um vento gelado passando pelo meu corpo, ele subia pela minha coluna e parava na nuca. Tentei gritar, mas apenas me engasguei, puxei meu braço, mas tinha algo que o segurava. Fiquei apavorado, eu estava na prisão e estava preso em alguma coisa que me provocava muita dor no braço nas pernas e onde mais eu pudesse sentir.

Gritei apavorado.

- Árthur, tente se acalmar, respire fundo.

Eu não conhecia aquela voz, quem será que estava segurando meu braço, abri bem os olhos e alguns vultos estavam diante de mim e me imaginei em um filme de terror.

- Calma, garoto, estamos aqui.

Essa voz era familiar.

Meus olhos foram se acostumando com a claridade do ambiente e as formas de extraterrestres aos poucos foram ficando mais nítidas.

- Meu filho, estamos aqui.

- Mãe? – Soltei com dificuldade.

Será que era ela mesma? Se me lembro bem, essa foi a primeira vez que ela me chamou de filho.

Diante de mim estavam minha mãe, Sr. Mathias e mais duas pessoas que logo identifiquei como sendo um médico e uma enfermeira, ambos estavam sobre mim e seguravam meus braços firmes para eu não me debater.

Eu estava no hospital, uma bolsa de soro estava num canto da cama e gotejava lentamente em uma mangueira que vinha direto para minha veia, era uma sensação gelada e incômoda, mas eu sabia que aquilo iria me levantar.

Enfim, eu estava vivo.

Eu não tinha tomado banho, mas meu corpo não estava coberto de lama como anteriormente, também não estava uma perfeição de limpeza. Olhei para meus pés e ainda dava para ver manchas de lama seca misturada com sangue, na certa devem ter apenas me limpado para darem início aos procedimentos, afinal se me injetassem uma seringa da forma que eu estava com certeza eu teria uma infecção terrível.

- Novamente por aqui garoto. – Falou o médico que logo em seguida lembrei que foi o mesmo que me atendeu quando levei a facada.

- Olá doutor. - Respondi timidamente.

- Será que pode nos falar o que houve? Você chegou aqui bem feio.

Meu coração acelerou e dessa vez não pude disfarçar já que o monitor cardíaco que estava logo acima da minha cabeça tinha acabado de me dedurar.

-Você chegou aqui em um estado lastimável, com um corte profundo na perna que por pouco não atingiu a artéria femoral, e com um pé quebrado, estava cheio de arranhões por todo o corpo, coberto de lama e o que acredito que eram fezes. Está a base de antibiótico e vai ficar ainda por um bom tempo para evitar uma grande infecção. – O médico deu uma pausa enquanto me olhava e aguardava uma resposta minha que não veio e ele continuou. – Então acho que todos aqui estão preocupados com você e no mínimo merecemos uma explicação, não acham? – Falou olhando para minha mãe que meneou a cabeça positivamente de volta para ele.

Eu tinha que pensar rápido, não podia correr o risco de chamarem a polícia ou algo assim.

- Eu fui atropelado.

- Meu Deus. – Falou minha mãe, mostrando pela primeira vez uma preocupação real. – Como isso aconteceu? – Falou desta vez segurando a minha mão. Olhei para aquele gesto e ela acompanhou meu olhar, em seguida largou minha mão.

- O que houve garoto? – Perguntou Sr. Mathias.

- Eu não lembro direito, só que fui atravessar a avenida correndo e não vi quando o carro se aproximou e depois não me lembro de mais nada. – Menti descaradamente.

- O engraçado é que não achamos nenhum trauma de batida em você e não achamos nenhuma explicação para estar coberto de lama e fezes. – Falou o médico desconfiado da minha versão da história.

- Acho que caí num córrego quando o carro em atingiu.

- Você viu o carro, lembra-se de alguma coisa? – Disse minha mãe nervosa.

- Não. – Respondi virando o rosto, eu nunca tinha mentido tanto como agora, e para pessoas como Sr. Mathias e o doutor que eram tão bacanas, isso me envergonhou. – Eu não me lembro de mais nada.

-Bom. – Começou o médico pegando meu prontuário. – Isso acontece, só tome mais cuidado da próxima vez, essa já é a segunda vez que você escapa da morte, não brinque com a sorte, alguém lá em cima gosta de você rapaz.

O médico piscou e sorriu para mim como se fosse um velho cumplice e em seguida saiu do quarto com a enfermeira.

Eu sabia que ninguém tinha acreditado em mim.

- Senti falta de vocês. – Falei com a voz embargada.

- Que bom que está bem garoto. – Falou Sr. Mathias. – Eu e sua mãe estávamos muito preocupados.

- Eu... – Começou minha mãe. – Sr. Mathias insistiu para que fossemos procurá-lo, senão fosse ele... – Minha mãe começou a chorar e desta vez a tristeza dela era bem diferente das outras.

- Obrigado, Sr. Mathias. – Falei segurando as lágrimas.

- Ora, não me agradeça, eu fiz o que qualquer pai postiço faria pelo seu filho. – Sr. Mathias gargalhou ao falar isto.

Tudo bem que ele estava mais para meu avô do que para meu pai, mas estava fazendo o papel do avô perfeito, também sorri quando esse pensamento veio a minha cabeça.

- Bem- continuou Sr. Mathias. – Esperarei você lá fora. – Falou para minha mãe, enquanto se despedia com um beijo em sua testa e um afago em meus cabelos sujos.

Sr. Mathias saiu do quarto deixando minha mãe e eu sozinhos, eu adorava aquele velho, ele foi a melhor pessoa que eu conheci depois que meu pai morreu.

Olhei para a minha mãe e ela estava me olhando, lágrimas corriam de seu rosto, era uma mistura de remorso, com raiva e um pouco de medo. Eu estava confuso com aquilo.

- Está tudo bem, Dona Raquel, eu já estou melhor. – Falei dando algumas palmadinhas em sua perna.

- Eu sei meu filho...Eu sei.

Ela olhava para mim como se nunca tivesse me visto antes e ela não costumava me olhar nos olhos como estava fazendo agora.

Ficamos calados por um longo tempo, nós nunca conversamos, ao menos não quando ela ou eu estávamos sóbrios. Minha mãe levantou-se da cadeira ao lado da minha cama e foi até a janela do quarto, ficou um tempo olhando para o céu, parecia perdida em um mundo só dela.

- Você está bem, Dona Raquel? – Arrisquei preocupado com a resposta que viria a seguir.

Minha mãe não respondeu, continuou por mais um tempo parada onde estava e depois de alguns minutos ela virou-se para mim e veio até a minha cama, olhei para seu rosto e percebi que ela chorava copiosamente.

- Posso te abraçar? – Falou Raquel com os braços abertos.

Eu não sabia o que fazer e nem o que responder, tudo estava estranho e não saiu nenhuma palavra da minha boca, mesmo assim ela me abraçou. Eu não tive reação e não consegui retribuir o abraço dela, minhas mãos não tinham força e meu corpo estava sentindo uma sensação que eu não lembro de ter provado antes, meu corpo estava enrijecido e meu coração disparado e mais uma vez fui denunciado pelo monitor cardíaco.

Eu não sabia o que era aquele redemoinho de sensações que mexia com meu estômago só sei que era uma sensação ótima, era uma sensação que não sentia desde quando meu pai me colocava no colo.

Minha mãe chorava sem me largar, eu sentia as lágrimas molhando meu pescoço e as dores do meu corpo intensificando com o peso do corpo dela sobre mim, mas eu não conseguia parar aquilo, eu não conseguia e nem queria que aquele momento desaparecesse, queria morrer ali mesmo sentindo pela primeira vez o abraço de minha mãe.

Por fim consegui levantar o braço que não estava com o soro e a abracei. Abracei minha mãe com tanta força que tive medo de machucá-la, e em seguida eu desabei no choro junto com ela. Não falamos nada um para o outro apenas choramos como crianças perdidas dos pais. Era como se toda a dor, o rancor e sofrimento estivesse ficado para trás e que ambos estávamos nos desculpando por todos os xingamentos ofensivos, as grosserias e indiferenças que fizemos um com o outro ao longo de todos aqueles anos.

- Por que mãe? – Por fim perguntei. – Por que você nunca gostou de mim? Nossa vida poderia ter sido muito diferente.

Minha mãe se afastou um pouco tentando se recompor, levantou-se e virou de costas para mim, eu sabia que ela ainda chorava, porque a todo momento levava as mãos à face, mas logo depois virou-se para me encarar, eu olhei no fundo dos seus olhos e vi um ódio se alimentando dela e temi que aquele momento inexplicável e bom fosse acabar agora.

- O que foi que eu fiz, mãe?

- Você não fez nada... você nunca fez nada, Árthur. Mesmo assim eu te culpei por todos estes anos, te culpei com todo o ódio da minha vida e você tem todo o direito de saber.

Eu fiquei assustando com aquela conversa, tinha certeza de que alguma bomba estava por vir, imaginei milhões de coisa, que o meu pai podia ter feito alguma coisa de muito sério ou que eu fosse um demônio sei lá, minha cabeça estava girando.

- Eu tinha poucos anos casada com seu pai e nos amávamos – Começou ela dando lugar a tristeza, enquanto lembrava do que havia acontecido.

–Éramos apaixonados e tínhamos vários planos para nossa vida, inclusive um filho. Mas certo dia todos os nossos sonhos foram tirados da gente em duas etapas.

- Como assim mãe?

-Certa vez eu estava indo trabalhar, era muito cedo e não tínhamos muitos recursos e eu estava indo pegar o ônibus, o dia ainda não tinha clareado direito e caia uma chuva fina, era um dia escuro e feio e quase não tinha ninguém na rua. Eu andava em direção a parada de ônibus quando um homem saiu de uma viela e ficou embaixo de uma árvore a alguns metros de mim. Eu pensei em voltar, mas se ele ia me assaltar com certeza viria atrás de mim, então resolvi atravessar a rua e continuar meu caminho, afinal já estava chegando na parada de ônibus. Apertei os passos e passei por ele que permaneceu parado embaixo da árvore, quando cheguei ao ponto não tinha ninguém e resolvi ligar para seu pai para pedir que ele viesse me fazer companhia. – Ela continuou a contar em sofrimento.

- Quando liguei para ele, senti uma mão forte segurar meu braço com tamanho força que me fez derrubar o celular, tentei me livrar, mas não consegui. O homem puxou uma faca e encostou em minha barriga e mandou que eu o seguisse. Eu tentei entregar minha bolsa, mas ele não queria e me obrigou a andar junto com ele. Sua faca cortava minha barriga toda vez que eu tentava negociar minha soltura. Não passava ninguém na rua e tampouco o ônibus.

Eu já imaginava o que havia acontecido e aquilo já estava me destruindo por dentro, imagino o pavor que minha mãe devia ter sentido naquele momento, enquanto continuava a contar.

- Então, quando chegamos a uma construção velha ele me empurrou para dentro, eu ainda tentei olhar para trás para tentar gritar por ajuda e vi o meu ônibus passar pelo maldito ponto.

Eu via o quanto ela estava sofrendo em ter que relembrar aquele momento trágico de sua vida.

- Dona Raquel – Tentei falar. – Não precisa continuar...

- Não meu filho, eu preciso fazer isso, preciso falar com alguém sobre isso e você é a melhor pessoa para me ouvir...Você também foi vítima disto tudo.

Eu não compreendia bem o que ela queria dizer com aquilo.

- Aquele homem me estuprou – Minha mãe conseguiu dizer com muito esforço, seu rosto era uma mistura de lágrimas, saliva e ódio.

- Dona Raquel... – Eu tentei fazer com que ela parasse com essa conversa, eu estava me sentindo destruído, imagina ela, mas minha mãe não parou.

- Ele rasgou minhas roupas e eu tentei gritar, mas ele socou minha boca e acho que desfaleci. Lembro do toque daquele maldito em cima de mim, sua barba suja ralando em meu rosto e seu bafo horrível quando ele tentava me beijar... e eu o odiei tanto, odiei por toda a minha vida...

- Dona Raquel, por favor...- Tentei mais uma vez em vão, mas parecia que ela estava em transe.

- Ele ficou em cima de mim por vários minutos que pareceram uma eternidade e depois de fazer o que bem entendeu com meu corpo ele levantou-se e ficou olhando para mim ali no chão totalmente despedaçada e ele ainda sorriu para mim com aquela boca horrível com dentes apodrecidos, fechou sua calça e me deixou ali para morrer.

- Mãe! -Falei para que ela me ouvisse e a abracei com força, queria protegê-la de tudo e de todos como ela nunca fez comigo. Ela desabou no choro mais uma vez e eu deixei algumas lágrimas escaparem dos meus olhos também.

Após algum tempo ela se afastou dos meus braços e segurou meu rosto com as duas mãos, eu via tanto remorso em seus olhos que tive pena, alguns pés de galinhas se acentuavam no rosto daquela mulher tão bonita, o tempo tinha deixado algumas marcas na face e no coração dela.

- Me perdoa, meu filho.

- Vamos esquecer tudo isso Dona... Mãe.

- A história ainda não acabou meu filho, lembra que te falei que eram duas partes.

Acenei positivamente com a cabeça.

- Depois de tudo o que aconteceu eu desmaiei e acordei no hospital, quando abri os olhos seu pai estava ajoelhado ao lado da minha cama e segurava em minhas mãos, quando ele me olhou seus olhos estavam vermelhos de tanto chorar, quando ele me viu acordar levantou-se e me abraçou com tanto cari- nho, eu me sentia culpada por ter deixado outro homem me tocar, eu poderia ter lutado mais, ter resistido, gritado sei lá.

- Você fez o que pode, mãe.

- Eu sei, Árthur... Mas na época eu não pensava assim.

Aquela era uma situação muito complicada que eu não sabia como conduzir, mas acho que me sai bem para um adolescente sem perspectiva nenhuma de vida até que eu estava sendo bastante adulto.

- Depois de dois dias no hospital tive alta e fomos para casa. – Continuou minha mãe já um pouco mais controlada. – É um trauma que nunca nos deixa, no começo seu pai esteve do meu lado e me apoiou em todos os momentos,   e isso foi fundamental para meu equilíbrio emocional e para que eu pudesse voltar a minha rotina de trabalho e de casa, ele era meu porto seguro. Mas esse momento não durou muito tempo... Após um mês comecei a passar mal, me sentia fraca com dores de cabeça e vivia com mal-estar, seu pai logo me levou no médico e para nossa surpresa descobrimos que eu estava grávida.

Eu fiquei em choque, eu não ousei interromper a minha mãe, mas meu coração voltou a acelerar e mais uma vez eu orei em minha mente e pedi ao Deus invisível que aquilo não fosse verdade. Que eu acordasse novamente e que tudo não passasse de um terrível pesadelo, ou até que eu estivesse morto e tudo aquilo fosse uma ilusão.

- Eu fiquei apavorada e transtornada, pensei em tirar a minha própria vida, fomos para casa e eu não parava de chorar, minha vida voltou a virar de cabeça para baixo e a única coisa que vinha em minha mente era o sorriso daquele demônio fechando o zíper de sua calça e agora havia uma parte dele dentro de mim crescendo sem me pedir permissão.

Meu corpo estava anestesiado e eu não conseguia sequer mover um músculo.

- Eu conversei com seu pai e falei que queria tirar aquela coisa de dentro de mim, mas ele era muito religioso e não aceitou, eu implorei para que me ajudasse a superar aquilo e que eu não queria aquele filho, precisava me livrar da maldição que aquele maldito havia colocado em meu corpo, mas foi em vão e seu pai em convenceu a ter a criança. – Minha mãe estava se abrindo para mim pela primeira vez e eu já estava me arrependendo daquele momento.

- Depois de muita discussão e sofrimento eu aceitei. – Raquel respirou fundo antes de continuar. – E eu carreguei aquela criança de um estuprador por nove meses dentro de mim, lembro que teve momentos que eu até o amei. Então, chegou a hora da criança nascer e foi um nascimento normal e a criança nasceu saudável, grande e linda e em nada lembrava aquele monstro que havia acabado com a minha vida.

- Essa criança era eu? – Perguntei já sabendo a resposta, porém havia um fio de esperança dentro de mim de que eu não fosse essa criança.

- Sim, meu filho, é você. – Minha mãe falou tentando ser forte e voltando a segurar em minhas mãos, mas desta vez quem desabou fui eu.

- Não mãe, não pode ser, meu pai...Meu pai é o Pedro... Meu pai... - Não

consegui mais falar e minha mãe se manteve firme segurando as minhas mãos.

- Chore meu filho, chore bastante isso vai te ajudar.

Eu queria morrer, porque Deus não tirou a minha vida, porque somos simples peças de xadrez nesse mundo horrível, minha vida era uma bosta e para completar eu descubro que a única pessoa que amei de verdade não tem vínculo algum comigo e que sou filho de um estuprador.

- Eu odeio a minha vida, Dona Raquel. EU ME ODEIO. – Esbravejei esmurrando o travesseiro, enquanto me desfazia em lágrimas. Minha mãe tentava me segurar, mas eu a empurrava, eu não queria mais ninguém perto de mim, eu a odiava, odiava meu pai, odiava o maldito estuprador, odiava o mundo e odiava a Deus.

- Calma, filho.

- ME DEIXA. – Gritei.

- Não - Falou ela decidida – Não vou deixar você sozinho, eu te deixei sozinho por muito tempo e também fiquei sozinha, mas acho que está na hora de mudarmos, de recomeçar meu filho, eu errei com você mesmo antes de você nascer, você não teve culpa de nada, você foi tão vítima quanto eu, e eu não tinha direito de ter tirado a felicidade de você assim como ele fez comigo.

Precisei de muitos minutos para me recuperar daquele baque e mais uma vez ficamos um bom tempo calados. Eu na cama digerindo todas aquelas novidades nada bem-vinda e ela sentada em uma cadeira à minha frente. Não foi fácil descobrir que eu não sabia nada sobre minha vida, mas as coisas começavam e se encaixar, as perguntas que eu sempre fizera começaram a ser respondidas por si só, parece que a engrenagem enferrujada da minha vida começou a girar novamente.

- Se eu não tinha culpa, então por que você sempre me culpou por tudo?

–Perguntei rancoroso.

- Muitas coisas aconteceram depois disto meu filho. O seu pai me havia prometido que levaríamos esse fardo juntos, que criaríamos você como se fosse nosso filho e no momento certo contaríamos toda a verdade. Mas ele começou a mudar, o amor foi esfriando, eu sabia que ele me amava, mas não da mesma forma. Depois que você nasceu, ele te amou de verdade mesmo sabendo que o filho não era dele, mas seu amor por mim esfriou. Ele já não conseguia mais me olhar nos olhos, não conseguia mais me tocar e mal conversávamos. E em uma de nossas brigas, ele jogou em minha cara que não conseguia mais tocar em uma mulher estuprada, que ele tinha nojo de mim e que eu havia morrido para ele.

Aquelas palavras me deixaram chocado, meu pai era um homem muito bom e calmo, era tranquilo e jamais teria coragem de ofender alguém.

- Ele era um homem muito fraco. – Continuou minha mãe. – E não conseguiu suportar e nem lidar com toda aquela situação, ele passou a me humilhar a me desprezar, às vezes não voltava para casa e eu cansei de dormir sozinha com você.

- Não pode ser verdade. – Falei.

- Você era muito novo para lembra, ainda era uma criança de colo, ele sempre te amou mais passou a me odiar e começou a sair com outras mulheres. Certa vez ele chegou em casa bêbado com uma garota qualquer e queria colocar ela na minha casa, eu lembro que a escorracei com algumas vassouradas, seu pai ficou irado e me bateu. Então, jurei que nunca mais eu o amaria. Ele me convenceu a ter você, ele me prometeu que iria me ajudar a lidar com tudo aquilo e iria cuidar de mim e de você como se fosse filho dele, mas ele havia mentido, não foi capaz de suportar aquele trauma. Se ele não foi capaz, imagina eu. Nós passamos a não nos respeitar, ele trazia outras mulheres na minha porta, ficava dias fora de casa e minha vida se transformou num inferno. Então pensei; por que ele pode fazer o que quiser, pode viver a vida dele e eu tenho que ficar em casa como uma serva, eu não tinha que aceitar aquilo eu tinha que viver e foi isso que fiz. Passei a sair com minhas amigas e conhecer outros homens, comecei a beber e fumar, eu te culpava por estar vivo, por eu ter deixado seu pai me convencer a deixar você nascer e então passei a te odiar.

As palavras da minha mãe me machucavam, mas era melhor eu saber de tudo de uma só vez e deixei que ela continuasse.

- Eu via em você o homem que me estuprou mesmo que fisicamente você não lembre em nada ele, mas tinha seu sangue, eu odiava a forma como o Pedro havia se aproximado de você e se afastado de mim e por isso eu te odiei mais ainda. Eu não queria seu mal, queria apenas o meu lugar em minha vida, primeiro meu lugar que seu pai biológico tirou e depois seu pai adotivo. – Ela parou por um segundo e continuou.

- Eu te machuquei tanto, Áthur. – Minha mãe falou agora com uma ternura nunca demostrada por ela. – Eu tirei tantas coisas de você, eu não tinha esse direito.

Eu permaneci calado e de cabeça baixa, agora todas as perguntas estavam respondidas, enfim eu podia ficar em paz comigo, eu acabara de descobrir que não era um monstro, apesar de ter tido a ajuda de um para ser gerado.

Eu queria fugir dali, eu odiava a minha mãe por tudo o que me fez passar, eu perdi minha infância com todo aquele sofrimento e abandono que ela me proporcionou, eu queria chorar, mas não tinha mais lágrimas, estava meio sem chão, não sabia o que seria a minha vida dali pra frente, até que ponto eu cheguei por causa dela, o quanto sofri e apanhei da vida e eu sabia que ela tinha grande parte em todo esse sofrimento, mas eu não podia culpá-la de tudo isso. Ela só teve decepção em sua vida e causada pelas duas pessoas que tinham algum tipo de ligação comigo. Eu a estava odiando, mas o ódio agora era diferente, na verdade eu sentia mais pena do que ódio ou raiva, eu não sabia o que iria acontecer agora e nem como minha vida iria ficar, mas mesmo com todo aquele sofrimento eu sentia certo alívio dentro de mim, era como se uma carreta carregada com toneladas de areia tivesse saído das minhas costas e agora o que eu precisava era pensar, refletir sobre tudo que foi derramado em minha vida e somente depois eu tomaria uma decisão.

- ÁRTHUR – Gritou Nina da porta do quarto.

Eu olhei e ela estava parada ao lado do Sr. Mathias, e estava ainda mais linda do que da última vez que a deixei ao lado do pai caído no chão com o chute que dei em seu saco.

- Eu tentei segurar a garota lá fora, mas foi impossível ela é imparável igual a você. – Falou Sr. Mathias em meio a uma gargalhada gostosa.

Eu sorri ao vê-la e minha mãe levantou-se e a cumprimentou, saindo em seguida do quarto com Sr. Mathias e me deixando sozinho com ela.

- Oi, Nina.

- Oi, seu maluco, quer me deixar viúva?

Nos abraçamos e nos beijamos por um longo tempo.

- O que aconteceu com você?

- É uma longa história, depois eu te conto. – Respondi. – E você como conseguiu vir aqui sem que seus pais soubessem?

- Meu pai me trouxe, ele está lá embaixo que esperando. – Respondeu ela

sorridente.

- Como assim? – Perguntei tão surpreso quanto pela descoberta de instantes atrás.

- É uma longa história, depois eu te conto. – Respondeu ela. Sorrimos feito duas crianças inocentes.

DEUS NÃO FALA

Um ano havia se passado desde que tudo aquilo havia acontecido, me recuperei de todos os traumas no corpo, mas tinha cicatrizes ainda não curadas dos traumas da mente.

Nina e eu continuávamos juntos e os pais dela aceitaram nosso relaciona- mento, o pai da Nina e eu nos tornamos amigos, ele adorava esporte e praticava boxe, e depois que eu lhe dei um gancho de esquerda ele viu potencial em mim e me levou para treinar com ele, eu adorava isso, porque enfim eu podia extravasar socando alguém sem culpa de represália.

Minha mãe e eu conseguimos conviver como uma família, todas as tragédias de nossas vidas que tanto tinham nos distanciado, no final de tudo nos uniu e hoje vivíamos como uma família de verdade, nos brincávamos um com o outro e riamos juntos, passamos a sair aos finais de semana e até às vezes ela ia para balada comigo e com a Nina, inclusive foi em uma destas baladas que ela conheceu seu atual namorado, era um cara até bacana, trabalhava em uma empresa de petróleo e gostava da minha mãe, confesso que no começo fiquei meio enciumado, mas depois eu gostava que ela tivesse uma companhia, ela merecia depois de tudo que viveu.

Imaginem eu ter ciúmes da Dona Raquel, o mundo realmente tinha mu- dado.

Eu aceitei o trabalho que minha mãe tinha conseguido no escritório e adorava, eu trabalhava testando jogos e meus chefes gostavam de mim.

Nós trocamos de carro e já planejávamos trocar a mobília da casa, boa parte estava quebrada e outras estavam velhas.

Parte dessa mobília foi quebrada por mim e outra pela minha mãe.

Nunca mais minha mãe tinha bebido a ponto de ficar embriagada e eu diminui o uso de maconha, estava até me preparando para entrar na faculdade só não sabia ainda qual curso escolher.

Cortei as amizades ruins e acredito que foi bem a tempo, pois a maioria dos meus amigos ou estavam mortos ou presos. Eu só queria aproveitar aquela nova vida, aquele momento que imagino ser a sensação de felicidade.

Eu estava cuidando da minha vida, queria trabalhar, estudar, cuidar da Dona Raquel e ser cuidado por ela, com o tempo eu queria até me casar com a Nina e quem sabe ter até um filho ou dois, mas por enquanto eu ia curtir o Max. Superei a morte do meu pai, ainda tinha muitas saudades, mas agora eu conseguia dar continuidade a minha vida, não poderia ficar preso ao passado, as mágoas e tristezas, ou não conseguiria viver.

Eu poderia dizer que minha vida estava ótima e mesmo que Deus nunca tenha falado comigo eu acho que ele mexeu os pauzinhos lá em cima e permitiu que eu fosse feliz.

Eu parei de tentar ouvir a voz de Deus ou de ver algum sinal do céu, acho que Deus tem mais o que fazer do que ficar me dando atenção, acho que ele cansou de ficar me ouvindo e sendo provocado e resolveu me deixar ser feliz e ter uma vida normal.

Eu às vezes ouvia algumas pessoas falando das experiências que tinham tido com Deus, ou seja lá quem for esse ser superior, e outras pessoas falavam até que o ouvia em sua cabeça ou o viam em sua frente ou em sonhos.

Eu confesso que nunca o vi nem em pesadelos e muito menos ouvi sua voz ou vi algum sinal no céu, uma única vez que imaginei ser um sinal de Deus no céu era um balão o que me deixou bastante frustrado.

Outro dia minha mãe e eu fomos até a igreja, eu não lembrava mais o quanto era bom e tranquilo estar naquele lugar, após o culto ainda ficamos por um bom tempo sentados no banco conversando. Minha mãe e eu agora nos tornamos quase confidentes, eu sempre falo de mim e da Nina para ela, dos nossos projetos, sonhos e brigas e minha mãe sempre me fala dela e do namorado bonitão.

Éramos uma família. Minha mãe e eu finalmente éramos uma família.

Certo dia estávamos voltando do cinema, a Nina estava com a gente, ela ia jantar na minha casa e depois minha mãe a levaria embora, quando nosso carro estava chegando perto da minha casa vimos uma ambulância parada em nossa rua e algumas pessoas se agrupavam impedindo que pudéssemos ver o que estava acontecendo.

- O que é aquilo? – Perguntou minha mãe apreensiva.

- Será que foi um acidente? – Imaginei que havia acontecido um atrope- lamento já que a criançada adorava jogar futebol no meio da rua.

Quando nosso carro se aproximou meu corpo gelou quando vi o Sr. Mathias deitado na maca do SAMU.

Desci do carro correndo sem esperar que minha mãe o estacionasse, Nina veio logo atrás de mim e em seguida minha mãe.

Furei o bloqueio das pessoas que se aglomeravam em frente a ambulância e logo cheguei à maca onde Sr. Mathias estava deitado e desacordado.

- O que aconteceu com ele. – Perguntei desesperado ao enfermeiro do
SAMU.

- Você é parente dele?

- Sim. – Menti.

- Esse senhor passou mal e algum vizinho nos chamou.

- Mas o que ele tem? – Perguntou minha mãe nervosa tanto quanto eu.

- Ele teve uma parada cardíaca, mas felizmente chegamos a tempo e ele parece estável agora, porém temos que levá-lo ao hospital.

- Eu quero ir com ele. – Falei já subindo no interior da ambulância sem ser convidado.

O médico e o enfermeiro concordaram e pediram que minha mãe nos seguisse de carro.

O caminho até o hospital parecia longo demais mesmo eu sabendo que o hospital mais próximo e o mais provável que eles o levariam não ficava a mais que dez minutos da nossa casa. Eu podia ver através da janela da ambulância, minha mãe acompanhada de Nina no nosso carro seguindo a ambulância. Olhei para Sr. Mathias e meu coração apertou, segurei em sua mão agora tão frágil esbranquiçada e tive vontade de chorar. Ele era o que eu tinha mais próximo de um pai e não queria que ele morresse, era um homem tão íntegro e sempre esteve ao lado de minha família, esqueci as contas de quantos conselhos ele tinha me dado e tão pouco eu segui.

Olhei para sua face desacordada parecendo tão distante com um tubo de oxigênio em sua boca enquanto um paramédico injetava alguma coisa em sua veia. Por fim, chegamos ao pronto-socorro e o enfermeiro desceu da parte da frente da ambulância e abriu a porta traseira imediatamente. Eu desci e os fiquei observando descerem a maca e logo se dirigirem para dentro do hospital. Vi quando minha mãe chegava logo atrás da gente e procurava um lugar para estacionar.

Eu estava mais uma vez naquele hospital onde por duas vezes quase perdi a vida, mas desta vez era um grande amigo, talvez meu único amigo que estava correndo risco.

Segui o médico e os enfermeiros que já tinham se juntado à maca do Sr. Mathias por um corredor longo e bem iluminado. Eu odiava o ambiente de hospital, mas parece que por ironia do destino sempre estávamos nos encontrando.

Entraram em uma sala com Sr. Mathias e quando tentei entrar fui impedido por um enfermeiro que pediu que eu aguardasse lá fora, me sentei em um banco duro do lado de fora e encostei a cabeça na parede.

Eu não podia ou não queria acreditar que aquilo estava acontecendo, ele nem era tão velho assim, sem contar que era uma mula teimosa e que se metia na vida dos outros, então a morte não iria querer ele para ficar enchendo o saco dela.

Meu peito estava estourando de dor e não consegui segurar o choro, minha mãe e Nina chegaram e me abraçaram. Minha mãe também estava chorando.

Após alguns minutos veio uma enfermeira com uma ficha e pediu para que nós preenchêssemos. Eu não estava em condições, então minha mãe preencheu a ficha e respondeu algumas perguntas sobre a saúde do Sr. Mathias e coisa formais como quem era o parente mais próximo. Após uma longa conversa com a enfermeira minha mãe se sentou ao meu lado e passou a mão na minha cabeça.

- Como você está, meu filho?

Ela poderia ter se poupado desta pergunta, meu estado emocional já falava por si só.

- Estou péssimo, Dona Raquel. – Respondi enquanto limpava o nariz.

- Ele é forte, vai sair dessa e vamos convidá-lo para jantar, ok?

Assenti com a cabeça tentando acreditar nesta versão de conto de fadas, eu vi a cor da pele do Sr. Mathias e só tinha visto essa cor em pessoas que logo em seguida morreram, era uma cor horrível, aterrorizante que anunciava que a alma estava deixando sua moradia.

Aquele pensamento me fez arrepiar e eu logo tratei de afugentá-lo, encostei a cabeça na parede, fechei os olhos e me vi mais uma vez falando com Deus, mas desta vez era diferente, eu não estava pedindo nada para mim, eu não estava pedindo para ouvir a voz dele, e aliás, eu já tinha desistido desse pedido, eu estava pedindo pelo Sr. Mathias.

Conversei com Deus em pensamentos torcendo para que ele estivesse me ouvindo, mesmo sabendo em meu interior que talvez esse Deus nunca tivesse existido, mas a dor era um pouco menor quando tínhamos em quem nos sustentar ou uma força maior para acreditar.

O dia se arrastava e não tínhamos notícia do que estava acontecendo dentro daquelas paredes, eu estava aflito e só agora me dava conta de quanto eu gostava daquele velho rabugento.

- Será que conseguimos encontrar o filho dele em algum lugar? – Perguntou minha mãe.

- Acho difícil, nem o Sr. Mathias tinha contato com ele.

Nina até então ao contrário da minha mãe não tinha falado nada apenas segurava minha mão, mas era o suficiente, o seu amor me dava forças, até pouco tempo eu não tinha ninguém e agora eu tinha ganhado uma mãe, uma namorada pública, um sogro e sogra que eu até ia almoçar lá algumas vezes. E tinha Sr. Mathias que era uma espécie de avô ou meu pai postiço, sem contar o Max, e eu não queria que isso começasse a ruir logo agora, eu nem tinha curtido tudo isso direito.

Aquela demora infernal terminou quando um médico veio falar conosco.

- Vocês são parentes do Mathias? – Perguntou ele olhando para uma prancheta cheia de papéis.

- Sim. – Respondi prontamente me levantando para ouvir o que o médico tinha a dizer. – Como ele está, doutor?

- Não muito bem. – Respondeu o médico.

Essas palavras doeram mais do que a facada que eu tinha levado.

- O que aconteceu, doutor? – Perguntou minha mãe.

- O Sr. Mathias teve um infarto do miocárdio. – Disse o médico sem cerimônia alguma enquanto minha mãe e eu ficamos atônitos. – Ele passou por uma cirurgia que durou quase cinco horas, está entubado e em observação, não é uma cirurgia simples e pode haver complicações futuras.

- Quais as chances dele? – Perguntei.

-Bem. – Continuou o médico. – Ele já é um senhor de idade, então temos que torcer para que ele se recupere bem.

Resumindo, o médico disse que ele ia morrer.

Eu fiquei sem chão com aquela notícia, meu mundo parecia ter caído novamente e eu senti a boca amargando, meu estômago se revirava e lembrei-me do meu pai, a sensação era parecida e eu não estava preparado para outra perda.

Mais tarde fomos informados por uma enfermeira que não iríamos poder ver Sr. Mathias naquele dia e que voltássemos no dia seguinte. Saímos dali com uma sensação de perda, estávamos cansados, levamos a Nina na casa dela e fomos para casa, minha mãe ainda fez um lanche e comemos calados, entre um gole e outro de refrigerante para ajudar o lanche sem sabor a descer melhor. Minha mãe foi dormir e eu fui para meu quarto, fiquei deitado em minha cama e fiquei olhando para o teto por um bom tempo, minha mente estava vazia e tive vontade de fumar minha maconha, fazia um bom tempo que eu não fumava, levantei e vasculhei meu quarto em busca de algum vestígio e depois de muito procurar encontrei um cigarro velho jogado dentro de uma gaveta.

Fui para o quintal e o Max me recebeu com alegria balançando seu rabo e me lambendo, sentei-me no chão e acendi meu cigarro, ali seria melhor, por- que minha mãe não iria sentir o cheiro e eu tinha prometido para ela que não iria mais fumar, mas aquela era uma ocasião especial, então eu podia me dar um desconto.

Depois que terminei meu cigarro, deitei-me junto ao Max e fiquei olhando para o céu infinito, me achei muito pequeno naquela imensidão, o céu não estava bonito, quase não tinha estrelas apenas muitas nuvens e uma sombra do que seria a lua. As nuvens passavam muito rápido o que indicava que estava ventando forte, mas era verão e estava calor, então o vento era bem-vindo.

Minha mente estava confusa, eu não conseguia me concentrar em nada e mesmo que o Sr. Mathias não fosse meu parente de sangue, eu o considerava um membro da família. Olhei para a casa dele e estava escura, fechei meus olhos e deixei as lágrimas escorrerem, chorei por um longo tempo, o Max veio lamber meu rosto como se soubesse a dor que eu estava sentindo.

Eu acho que ele sabia.

Um trovão estrondou distante, o que me fez abrir os olhos a tempo de ver um raio rasgar o céu, algumas gotas de chuva começaram a cair e o Max correu para sua casinha, eu permaneci ali deitado deixando a chuva lavar meu corpo e quem sabe a minha alma.

Em minhas lembranças vinham todas as vezes que Sr. Mathias tinha me ajudado, ajudado minha mãe, os conselhos bons e chatos, a sua fé tão grande nesse Deus que nem sabemos se realmente é real, e nos bolos e lasanha que ele fazia.

A chuva começou a engrossar e tive que me levantar e correr de volta para minha casa, quando cheguei na porta dei de cara com a minha mãe parada me observando, me assustei e ela riu de mim, estava segurando uma toalha que em seguida cobriu minha costas, eu agradeci e devolvi o sorriso mesmo que meu coração estivesse chorando, observei o rosto dela mais uma vez e fiquei imaginando o quanto ela era linda.

Fui correndo para o banheiro para não molhar tanto a casa. Depois de um banho demorado dormi.

No dia seguinte acordamos cedo, e como era sábado não íamos trabalhar, minha mãe passou na casa do Sr. Mathias e pegou seu celular e algumas roupas, tomamos café em uma padaria e depois fomos direto para o hospital. As visitas iriam começar as dez horas e como chegamos antes das nove ficamos aguardando em um jardim do lado de fora do hospital.

- Que estranho. – Comentou minha mãe olhando o celular do Sr. Mathias.

- O que houve? – Perguntei curioso.

- Estou procurando o contato do filho do Sr. Mathias ou de alguma indicação de parentes, mas não encontrei nada.

- Pode ser que esteja com o nome e não com indicação, por isso a senhora não está vendo.

- Esse é o problema, não tem nome algum na agenda.

Peguei o celular da mão da minha mãe e conferi, realmente a agenda de contatos estava vazia, nem um nome de amigos, ou da farmácia, nem sequer os nossos contatos.

- Vai ver ele nem sabe mexer nisso e deve fazer a moda antiga, deve usar

agenda de papel ainda.

- É pode ser. – Respondeu minha mãe.

Quando chegou a hora da visita fomos até o quarto onde Sr. Mathias estava, eu estava ansioso para vê-lo. Entramos no quarto e lá estava ele dormindo, nos aproximamos e olhei para aquele velho que eu tanto amava e nem de longe parecia um velho fraco ou indefeso, mesmo naquela situação ele parecia o mesmo velho que costumava levar uma lasanha ou um queijo para fazer café lá em casa sempre que eu e minha mãe estávamos discutindo.

Ele respirava com a ajuda de um aparelho e estava tomando soro, segurei em sua mão e tentei acordá-lo, mas ele não teve nenhuma reação, meu coração doeu.

- Ele vai ficar bem, meu filho, e logo deve ir para casa.

Não respondi minha mãe, no fundo eu e ela sabíamos que Sr. Mathias tinha boas chances de não voltar para casa.

- Bom dia. – Cumprimentou o doutor ao entrar no quarto.

- Bom dia, doutor. – Respondeu minha mãe. – Como ele está?

- Agora está estável, mas a noite ele teve uma recaída.

- Ele vai ficar melhor? - Perguntei.

- Ainda é muito cedo para saber, esperamos que ele se recupere aos poucos, mas por enquanto só temos incertezas.

Obrigado Deus. – Falei em pensamentos com ironia aos céus.

Ficamos fazendo companhia ao Sr. Mathias até a hora do almoço e então fomos embora, me despedi com um beijo em sua testa igual meu pai fazia comigo quando ia sair para trabalhar.

Aquele dia foi morno e sem graça, a Nina me ligou para dar uma volta, mas preferi ficar em casa fazendo companhia para minha mãe que também estava sofrendo com aquilo e seria melhor nenhum de nós ficar sozinhos. Resolvemos fazer um bolo que por sinal ficou ótimo, fiz um café e tomamos enquanto relembrávamos histórias que envolviam o Sr. Mathias e às vezes que queríamos nos livrar dele e não conseguíamos nunca.

- Sabe, meu filho, se não fosse Sr. Mathias eu não sei se teria ido atrás de você naquele dia. – Ela pausou sua fala e pude ver que segurava as lágrimas. – Desculpa pela mãe que fui.

- Já passou tudo isso, mãe. – Falei sendo muito sincero, eu não guardava mais raiva ou mágoa nenhuma dela ou de ninguém. – O que importa é o que vivemos hoje.

Ela segurou minhas mãos sobre a mesa e sorriu para mim como uma espécie de agradecimento.

No dia seguinte repetimos a nossa jornada, indo ao hospital e depois passando o domingo juntos, mas desta vez resolvemos levar a Nina e seus pais conosco, o dia foi mais divertido. Eu já tinha um bom relacionamento com os pais da Nina, apesar que seu pai sempre me lembrava do chute e o soco que eu dei nele e o quanto ele iria esperar eu estar bem treinado, pois iria descontar aquela surra no ringue, todos riamos sempre que ele falava isso. E eu acredita- va plenamente que se eu fosse para o ringue com ele, iria levar a maior surra, porque ele era grande e forte e desta vez eu não iria ter o elemento surpresa ao meu favor, então eu sempre iria prorrogar essa luta até quem sabe ele estar com seus noventa e poucos anos. Eles também se davam muito bem com a minha mãe. Minha família aos poucos estava crescendo.

Aquela semana se passou muito lentamente e todos os dias no final do expediente eu e minha mãe íamos ao hospital ver Sr. Mathias, ele tinha mostrado pouca melhora até então.

Todas as noites eu pegava na mão de Sr. Mathias e orava pedindo a Deus que o curasse, mas seria pouco provável que essa oração também fosse atendida.

Enfim, chegou mais um sábado e acordamos tarde, assim como no sábado anterior, tomamos café na mesma padaria e fomos direto ao hospital, aguar- damos o horário de visita ansiosos pelo diagnóstico do Sr. Mathias. Naquele dia em específico eu levei a nossa bíblia velha, sentei-me ao lado da cama e abri em algum lugar já que eu não tinha o costume de abrir aquele livro, então não conhecia seus capítulos e versículos.

Abri a bíblia em I Coríntios capítulo dois e apontei o dedo aleatoriamente para um versículo, ao olhar meu dedo tinha parado no versículo treze e eu li em voz baixa:

- As quais também falamos, não com palavras que a sabedoria humana ensina, mas com as que o Espírito Santo ensina, comparando as coisas espirituais com as espirituais. – Continuei – Ora, o homem natural não compreende as coisas do Espírito de Deus, porque lhe parecem loucura.

Parei por ali e fechei a bíblia, fiquei refletindo um pouco naquelas palavras, era como se eu tivesse lido para mim e não para o Sr. Mathias, em segui- da olhei para ele e vi que tinha um semblante de paz, já não estava respirando com a ajuda do aparelho e respirava mais tranquilamente, isso era um ótimo sinal, olhei alegre para a minha mãe e ela estava chorando muito emocionada, ela me retribuiu o sorriso secando as lágrimas.

Uma enfermeira entrou no quarto e pediu que minha mãe a seguisse precisavam conversar sobre a liberação do Sr. Mathias. Aquelas palavras me animaram de uma forma que quase pulei na cadeira onde estava, talvez minhas orações da semana tenham surtido efeito.

Ouvi Sr. Mathias gemer um pouco e imediatamente eu me levantei e segurei sua mão, ele bocejou e aos poucos foi abrindo os olhos, eu fiquei tão feliz que me joguei sobre ele e o abracei.

- Calma garoto eu já não sou tão jovem assim e essa velha carcaça não aguenta tanto peso. – Falou sorrindo e me abraçando de volta.

- Que bom que está bem, nós estávamos tão preocupado, achamos que o senhor ia morrer, minha mãe foi assinar sua alta e logo vamos sair daqui e preparar um jantar delicioso pro senhor, desta vez eu a minha mãe que vamos cozinhar e o senhor vai só descansar, e outra coisa acho que vou falar para minha mãe para o senhor ficar lá em casa até se recuperar, pode dormir em meu quarto, eu durmo no sofá assim ficamos de olho no senhor para não fazer nenhuma besteira, e acho até melhor dormir no sofá assim fico assistindo e pego no sono ali mesmo. – Eu falava feito uma matraca sem dar chance para que Sr. Mathias pudesse dizer alguma coisa.

- Árthur... – tentou me interromper Sr. Mathias.

- Não precisa se preocupar com nada....

- Árthur....

-Vou pegar o que precisar na sua casa....

- GAROTO. – Gritou ele mais forte do que eu jamais tivesse ouvido.

- Ora, ora vejam quem já está podendo gritar com os outros. – Falei rindo. – Se o senhor fosse mais jovem eu ia te ensinar a não gritar com mais ninguém, mas estou muito feliz por estar melhor e o senhor já está só o pó, então eu te perdoo.

- Garoto, por favor, me dê um pouco de água.

- Claro. – Falei prontamente, peguei um grande copo de água e Sr. Mathias bebeu todo ele feito um andarilho perdido no deserto, repetiu mais um copo cheio.

- Precisamos conversar. – Disse ele tentando se levantar. di

-O senhor não pode se levantar assim, temos que perguntar para o médico.

- Ora, fique quieto e me ajude a levantar!

Eu não teimei e lá estava eu ajudando um idoso recém-operado a levantar da cama sem imaginar que esse esforço poderia matá-lo.

Sr. Mathias ficou de pé e parecia ótimo, foi até a janela do quarto e abriu deixando o ar fresco invadir o quarto. O dia estava lindo lá fora. Sr. Mathias se espreguiçou e esticou um pouco o corpo, atitudes que não lembrava em nada uma pessoa que até uns dias atrás estava em coma.

- Acho melhor o senhor voltar para a cama, não é bom se esforçar tanto assim.

- O que tem na mochila? – Falou Sr. Mathias sem dar importância para meus avisos de precaução.

- Tenho uma blusa de frio, meu celular....

- Não estou falando disto. – Me cortou impaciente. – Estou falando de comer.

- Ah, tenho um lanche natural que comprei na padaria.

- Me dê aqui, estou morrendo de fome. – Falou esticando a mão. Eu peguei meu lanche e entreguei a ele.

- Não seria melhor a gente perguntar para o médico se o senhor pode comer isso, é lanche de atum e pode lhe fazer mal. – Falei preocupado.

Sr. Mathias não respondeu apenas comeu o lanche com uma fome de um cão, e terminou lambendo os dedos.

- Eu estava morrendo de fome.

- Eu vi.

- Precisamos ter uma conversa séria, garoto.

- Claro Sr. Mathias. – Respondi percebendo o tom sério dele.

- Eu estou muito feliz com você. – Começou ele em tom sério e ao mesmo tempo suave. – Sua vida se transformou completamente e isso graças a muitos fatores, mas principalmente a sua força de vontade, você quis essa mudança mais do que ninguém.

Eu não estava entendendo onde Sr. Mathias queria chegar com aquela conversa e comecei a ficar preocupado, será que ele estava achando que ia morrer e ia começar aquele papo chato de herança já que ele não tinha parentes, salvo um filho que ninguém nunca viu.

- Escuta, Sr. Mathias... – Interrompi já tentando deixar claro que eu não queria nada dele a não ser sua saúde e seu retorno para casa.

- Deixe-me continuar falando, garoto. Você fala pelos cotovelos, mas tem apenas uma boca e duas orelhas enormes.

Minhas orelhas não eram tão grandes assim.

- Eu fico muito feliz que nunca tenha desistido de mim. – falou ele olhando para mim.

- Claro que não, o senhor é como se fosse meu pai, faz parte da minha família.

- Obrigado por permitir isto, por deixar que eu entrasse em sua vida e

compartilhasse suas dores e alegrias.

- Muito mais dores do que alegrias. – Falei rindo.

- Venha até aqui.

Eu fui até a janela onde Sr. Mathias estava e olhei em seu rosto, ele estava com uma pele ótima quase melhor do que a minha para quem já tinha passado dos sessenta.

Eu nunca tinha reparado como ele tinha os olhos bonitos, era um azul turquesa que eu nunca tinha visto e tinha um brilho ímpar, ele me deu um sorriso e seus dentes eram perfeitos e em nada lembrava os dentes amarelados que ele sempre tivera.

- Eu quero te pedir para que nunca perca a fé, meu filho.

-Eu não sei o que é fé, Sr. Mathias.

- Você sabe mais do que ninguém. – Respondeu ele segurando em meus braços. – Deus sempre vai olhar por você.

- Esse Deus, se é que existe, já esqueceu de mim faz tempo.

- Não pense assim, ele sempre cuidou de você, meu filho.

- Sr. Mathias, o senhor está bem? – Falei desconfiado, ele parecia muito estranho e eu também estava sentindo meu corpo estranho, tudo ao redor esta- va diferente.

- Você já é um homem meu rapaz, retomou as rédeas de sua vida, todo o sofrimento faz parte do passado, agora você terá uma bela vida como sempre quis, ao lado de pessoas boas e que te amam de verdade.

- Sr. Mathias, acho melhor o senhor voltar para a cama e eu vou chamar o médico para olhar o senhor. – Tentei conduzir Sr. Mathias até a cama, mas seu corpo não se mexeu e nem eu tinha forças para tirá-lo dali.

- Eu gostaria que entendesse uma coisa, garoto. - Continuou ele em um tom suave. – Eu não vou voltar com vocês para casa.

- Como assim? – Perguntei assustado. - Claro que vai. ENFERMEIRA?

–Gritei, mas ninguém apareceu na porta do quarto. – ENFERMEIRA?

- Ninguém vai ouvi-lo garoto, não enquanto eu não terminar de falar com você.

Aquelas palavras pareceram tirar minhas forças e eu não conseguia me mexer e nem falar, tentei gritar, mas a voz não saía de minha garganta, apenas lágrimas escorriam dos meus olhos.

- Meu filho, eu te amo muito, mas minha missão aqui já acabou.

- Co...mo... assim? – Por fim consegui falar.

- Minha missão com você já acabou, e posso dizer que foi um sucesso. Eu não estava entendendo nada, será que tudo aquilo era um sonho?

- Nunca desista de Deus, meu filho e nunca deixe de conversar com ele.

-Deus nunca me respondeu, Sr. Mathias, ele nunca me deu um sinal de sua existência, então ele desistiu de mim há muito tempo.

- Será mesmo, meu jovem? – Perguntou Sr. Mathias sorrindo. – Deixe-me segurar sua mão.

Eu me aproximei do Sr. Mathias e ao tocar sua mão senti um impacto que me fez pular do chão e meu corpo ficou inerte no ar, eu tremia sem conseguir controlar meu sistema nervoso, tentei gritar, mas não consegui, fiquei enjoado e com vontade de vomitar, mas não vomitei, minha cabeça girava, era como se eu estivesse dentro de um vórtice, meu corpo girava e balançava e eu sentia que a qualquer momento ele iria se partir em milhares de pedaços.

Então, eu fui arremessado em um túnel de luz e eu não conseguia ver seu fim, meu corpo estava flutuando e às vezes parecia leve feito uma pena e no instante seguinte parecia pesar uma tonelada. Eu voava a uma velocidade tão imensa que parecia que a pele do meu rosto ia sair da minha carne e eu me esforcei para manter a boca fechada trancando os dentes como se aquilo fosse impedir minha pele de escorregar. Eu via luzes passarem por mim tão rapidamente que não conseguia identificar qual era seu formato ou cor.

Então, de repente tudo parou.

Meu corpo permaneceu no ar flutuando como se eu estivesse em câmera lenta girando bem devagar, um barulho agudo em minha cabeça ia e voltava sem parar e já estava me deixando maluco, achei que ia morrer ou até mesmo que estivesse morto, isso explicaria toda essa minha felicidade repentina e mu- dança de vida.

Na certa eu devia ter morrido quando estava fugindo dos policiais e toda aquela felicidade com a minha mãe, com a Nina, o emprego novo e tudo mais eram apenas ilusórios, e eu estava literalmente morto.

Aos poucos a dor na cabeça e o enjoo foram passando e a pressão em meus ouvidos também, o barulho sumiu tão repentinamente como começou e quando percebi já estava de pé, olhei ao meu redor e estava tudo branco, em todos os cantos não havia nada, limpei os olhos.

- Olá? – Falei sem ouvir resposta alguma, apenas o eco de minha voz. - Olá tem alguém aí? – Mas nada acontecia. Andei um pouco, mas perecia que eu não saía do lugar então, resolvi correr mesmo que não houvesse nada em lugar algum, mas quem sabe um pouco mais a frente. Corri o mais rápido que pude até cansar e cair no chão sem fôlego, fiquei por um momento ali e depois resolvi me levantar, não sabia o que era aquilo, o que estava acontecendo e gritei.

- DEEEEEEEUS. – Nada aconteceu.

- DEEEEEEEUS. – Somente o eco de minha voz.

Eu estava desesperado com aquele vazio, eu não queria estar morto, eu queria minha vida de volta, estava tão feliz e ele não tinha o direito de tirar isso de mim.

- DEEEEEEEUS. – Mais uma vez. – EU ACREDITO. – Falei sem ter certeza ao certo do que estava dizendo.

Subitamente eu senti uma pancada no estômago como se tivesse levado um soco e todo o ambiente começou a girar feito um carrossel, só que tão rápido que parecia que eu estava dentro de um liquidificador, porém havia uma mistura de todas as cores, era algo psicodélico. Também havia vultos e barulhos que eu não conseguia identificar o que eram, os barulhos ficavam cada vez mais alto, então tampei os ouvidos com as mãos e me agachei para não cair, fechei os olhos e implorei para que aquela loucura passasse.

Um grande silêncio invadiu o lugar e aos poucos fui abrindo os olhos e percebi que o lugar não estava mais girando e ao invés disto eu vi um parque, eu estava dentro de um parque muito familiar, havia muitas pessoas passeando, fazendo exercício, namorando e mais ao fundo um grupo de crianças brincando de futebol. Tudo era tão real e tão pessoal para mim, mas eu não sabia o porquê, eu andei um pouco e fui em direção as crianças, algo ali me chamava a atenção e quando cheguei próximo meu coração acelerou. Meu pai estava sentado em um banco e lia um livro, ele estava tão novo, tão bonito, eu quis ir ao seu encontro, queria abraçá-lo e nunca mais largar.

Talvez eu estivesse no céu e esse era meu encontro com ele.

Mas antes que eu pudesse chegar perto dele um pequeno garotinho de aproximadamente 3 anos veio correndo com uma bola nos braços e o abraçou, meu pai colocou o garotinho nos braços e foram embora.

Meu pai tem outra família? Pensei meio enciumado, resolvi segui-lo, eu iria tirar satisfação com ele, como pôde ter me deixado crescer sem um pai e viver um inferno durante toda a minha infância e juventude e hoje estaria tão bem com outra família e outro ou outros filhos.

Meu pai passou pelo portão principal do parque e dirigiu-se até o estacionamento, colocou o garotinho no chão e foi até a porta do motorista.

O que viria acontecer em seguida fez meus pelos se arrepiarem e fiquei sem fôlego. O garotinho deixou a bola escapar e ela foi quicando em direção a uma rodovia movimentada, o garotinho saiu correndo atrás da bola e eu fiquei petrificado, mas consegui voltar em seguida e corri em direção a criança, percebi quando meu pai viu o garotinho correndo e foi ao encalço dele, parecíamos dois malucos correndo e gritando na mesma direção, mas por mais que eu fosse bom na corrida parecia que eu não saía do lugar.

Então, eu vi quando a bola invadiu a pista e quando vinha um grande caminhão na direção da bola e para onde o garotinho estava se dirigindo. Eu fechei os olhos para não assistir aquela tragédia, por um segundo o barulho agudo que eu tinha ouvido antes tinha voltado e quando eu abri os olhos vi a pequena criança nos braços de um guarda de trânsito, meu pai chegou até o homem e agarrou a criança beijando sua pequena cabeça e agradecendo o guarda, eu consegui me aproximar e estava sentindo algo estranho, aquela cena era muito familiar e quando olhei para aquela criança assustada e chorando eu percebi que aquele garotinho era eu, e me lembrei perfeitamente daquela cena, tudo veio a minha mente mesmo eu sendo tão pequeno eu lembrei. Estava com medo, mas não era medo do que poderia ter acontecido comigo, eu estava com medo de que meu pai brigasse comigo.

Sorri aliviado, porém este sorriso durou pouco, pois quando me virei para agradecer ao guarda de trânsito que me salvou eu vi que era o Sr. Mathias.

Fiquei em choque em vê-lo diante de mim, eu não se lembrava disto e nem que ele já fora um guarda de trânsito, o que eu sabia era que ele era um engenheiro elétrico aposentado.

Neste instante o mundo começou a girar de forma tão intensa que fui jogado contra uma parede, quando consegui me levantar vi que estava em minha escola, estava acontecendo uma briga de alguns alunos e entre eles eu pude me reconhecer, eu estava apanhando feio de dois garotos maiores do que eu, e foi nesse instante que meu amigo Fernandinho que fez o quinto ano comigo veio me ajudar e foi o que me salvou, pois ele acertou em cheio um dos garotos, tirando ele da briga já que esse garoto desmaiou.

Nós dois fomos para cima do outro que vendo a situação do amigo que acordava meio grogue logo recuou e eu e o Fernandinho nos abraçamos vitoriosos, enquanto as crianças ao redor vibravam com a gente.

Eu adorava aquele meu amigo ele sempre me socorria quando eu precisava já que ele era um pouco mais velho e mais forte que a maioria da turma, tive saudades daquele tempo. E foi neste instante que olhei para o Fernandinho e percebi o quanto ele era familiar, os olhos, o cabelo a forma de andar. Era Sr. Mathias, ou o filho dele.

Outro redemoinho me levou a outro momento da minha vida e mais um redemoinho e mais outro e perdi as contas de quantos redemoinhos me levou a tantos momentos da minha vida e em todas elas o Sr. Mathias estava presente de alguma forma envolvido em minha vida. Isso tudo é uma loucura sem tamanho.

Desta vez o redemoinho me levou para baixo do viaduto onde passei a noite com um morador de rua e ele estava me aconselhando e neste momento eu já estava chorando ao perceber que aquele mendigo era o Sr. Mathias.

Como eu não o reconheci naquele dia.

O redemoinho me levou de volta para casa algumas vezes e vi Sr. Mathias chegando em minha casa trazendo queijo, lasanha, pizza e mais um monte de coisas e sempre quando eu estava em conflito intenso com a minha mãe.

Em mais uma vez o redemoinho me levou ao hospital onde eu estava sendo operado pelo médico que reconheci de imediato como sendo Sr. Mathias, a essa altura eu já estava de joelhos e chorava copiosamente, eu entendia tudo o que estava acontecendo.

Também vi quando os policiais estavam me perseguindo junto da turma do Sandro e quando o policial tentou atirar em mim e o seu parceiro es- barrou em seu braço fazendo com que o tiro acertasse a parede e claro que esse parceiro do policial era Sr. Mathias e quando eu não sabia para onde ir no final do beco diante do córrego vi um homem sentado que assustou um gato, esse mesmo gato que fez com que eu tropeçasse e caísse no córrego o que me deu a ideia de fugir por ali, aquele homem sentado no fundo do beco era o Sr. Mathias.

Como eu pude ter sido tão cego ao ponto de não enxergar o que estava a todo tempo em minha frente.

Estive tão preocupado em buscar um sinal ou uma resposta de Deus que nunca percebi que ele falava comigo o tempo todo. Ele sempre esteve ao meu lado, sempre me protegeu e cuidou de mim, ele me segurou em seus braços e me mostrava sempre o caminho certo e eu era ignorante, burro e egoísta a ponto de não ver o que acontecia ao meu redor.

Passei a vida gritando com os céus, revoltado com tudo e sentindo pena de mim mesmo e não consegui ver os milagres que me atingiam a todos os momentos, eu falava e cobrava tanto de Deus que nunca parei para ouvi-lo, nunca dei a chance de percebê-lo e a todos os momentos ele falou comigo, brincou, me deu conselhos, me defendeu, segurou minha mão e me curou, falava comi- go a todo o momento e eu não percebi.

Deus era meu vizinho.

O vórtice voltou a girar mais forte desta vez e fechei os olhos, senti meu estômago embrulhar por um segundo e aos poucos tudo começou a parar, o silêncio reinou no lugar onde eu estava e quando abri os olhos estava de volta ao hospital ao lado da janela e de frente para Sr. Mathias que segurava firme em meus braços.

Eu estava de joelhos e levantei meu rosto para olhar para ele e o que vi foi inenarrável, e por mais que eu me esforce para descrever nunca vou chegar a perfeição do rosto daquele homem que em nada lembrava o velho intrometido. O homem parado diante de mim era mais alto que um homem comum e tinha uma estrutura física impecável, uma postura que eu jamais vi em outra pessoa, nem antes e nem depois daquele dia. Seu rosto era uma mistura de poder e de paz, era lindo e resplandecia feito o sol, não pude olhar por muito tempo ou ficaria cego, mas pude ver a simetria de sua face e era perfeita, seus olhos tinha um brilho especial de uma cor que não existe em nosso mundo e não pude decifrar qual era.

Eu estava diante de Deus.

Eu o abracei pela cintura e chorei copiosamente, meu corpo não tinha forças para me levantar e nem sequer para respirar normalmente. Então, concentrei o restante de forças que havia em minha alma para prender meus braços na cintura daquele magnífico homem que não era nem de longe um de nós.

Em meio as lágrimas eu pude ver suas roupas tão brancas que doía a minha vista, eu estava com os olhos para baixo e pude ver seus pés em uma sandália com as correias em chamas.

Fiquei deslumbrado com aquela visão e desejei morrer naquele momento para não precisar viver mais nenhum segundo com outra visão em minha mente, tudo que eu fui ou tinha não valia mais nada, o mundo era muito pequeno para tudo aquilo, nada mais era importante para mim, somente aquele momento, aquele abraço e eu queria que ele durasse para sempre.

Mas não durou.

Aquele homem perfeito pegou em meus ombros e me levantou como se eu fosse uma folha de papel.

Não que eu pesasse muita coisa.

Ele me colocou de pé diante dele e sorriu para mim, eu não pude olhar novamente em seu rosto, eu não tinha forças e senti uma grande tristeza dentro de mim, não era um tristeza como as que eu já tinha sentido antes, era algo maior, algo desesperador, eu me culpava por viver, por existir e ser quem eu era, não me senti digno de estar presenciando aquilo e me senti podre por dentro e por fora, eu era naquele momento o humano mais impuro do mundo e queria falar isso para ele mais minha boca não ousou abrir.

- Árthur. - Disse o homem com uma voz que lembrava um trovão.

Eu chorei e me debati para que ele me largasse, eu queria fugir, me senti nu e estava apavorado.

Ele era muito e eu era tão pouco.

- Árthur. – Continuou ele. – Eu não vou voltar com você, mas estarei sempre ao seu lado.

Eu entendi perfeitamente o que ele estava dizendo.

- Você já está preparado para viver sua vida e cuidar das pessoas em sua volta assim como cuidei de você. Nunca esqueça que sempre eu vou te ouvir, mas nem sempre vou te responder como você espera.

- Sim. – Consegui, por fim, responder.

Mas imediatamente como tudo aquilo começou, também acabou e eu estava novamente diante do Sr. Mathias que sorria para mim com os dentes amarelado de sempre.

- Você tem razão, meu rapaz, me leve de volta para a cama que estou cansado.

Eu o ajudei a voltar para a cama e acho que eu estava maluco, pois estava ajudando Deus a andar.

Sr. Mathias deitou e pediu que eu arrumasse o travesseiro em sua cabeça, eu fiz o que ele me pediu sem hesitar um segundo, ele segurou a minha mão e deu umas palmadinhas de leve.

-Você me deu muito trabalho, meu rapaz, mas também me deu muito orgulho, agora preciso descansar um pouco.

Sr. Mathias fechou os olhos e voltou a dormir, eu fiquei encarando sua face tranquila e aos poucos senti sua mão soltando a minha e percebi que ele havia parado de respirar e aquelas foram as últimas palavras que ouvi do Sr. Mathias e de Deus.

Eu o abracei e chorei muito, era uma mistura de saudades e felicidade que eu não sabia explicar, em seguida minha mãe chegou e vendo aquela cena ela se comoveu muito e me abraçou.

- Chore, meu filho, chore, isso vai te fazer sentir melhor.

- Mãe, eu estive errado durante toda a minha vida.

- Somos humanos, meu filho, todos cometemos erros.

- Não, mãe, todos não, ele nunca cometeu um erro.

Eu me levantei e tentei secar as lágrimas, mas foi em vão, minha mãe também chorava e ela não tinha nem ideia do que tinha acontecido ali já que eu nunca contei para ninguém.

- Vamos, meu filho, precisamos cuidar do funeral do Sr. Mathias.

- Ele não morreu mãe – Falei sorrindo entre lágrimas. – Isso é apenas uma carcaça, Sr. Mathias está mais vivo do que o que a gente imagina.

Minha mãe deve ter imaginado que eu estava falando figurativamente e eu deixei que ela pensasse assim.

ÁRTHUR O HOMEM

Olá, eu sou Árthur, é se escreve assim mesmo com essa entonação no "A", eu sou um homem que teve uma experiência inexplicável com Deus.

Queria dizer que Deus foi meu vizinho e que falava comigo quase todos os dias e hoje, mesmo que ele não fale comigo pessoalmente, eu sei que ele me escuta e eu consigo ouvi-lo na minha mente e no meu coração.

Eu tenho uma família maravilhosa e um belo cão, estou me dando bem no emprego e já planejo meu casamento com a Nina, minha mãe também planeja o casamento dela. Ainda não apanhei do pai da Nina, acho que minha tática de retardar essa luta deu certo.

Ainda me deito no quintal a noite com o Max e fico admirando o céu e sei que o céu olha de volta para mim, hoje existe uma troca e uma cumplicidade entre nós dois.

Eu parei de fumar maconha e de beber, minha mãe também não bebe mais, agora frequentamos mais a igreja e participamos de algumas obras sociais que auxiliam idosos abandonados.

Às vezes imagino ter visto o rosto do Sr. Mathias nesses lugares, por isso adoro aquele ambiente.

Eu queria confessar uma coisa a todos vocês. Hoje eu sou feliz.

Filos Editora
Av. João Cardoso, 818 | Centro
CEP: 18760000 | Cerqueira César | SP
E-mail: assessoriafilos4@gmail.com
www.filoseditora.com.br